天网之门

张平 著作

阎秋霞 选编

中国出版集团
中译出版社

图书在版编目（CIP）数据

文学里的中国：当代经典书系：全10册 / 铁凝等著；张莉等选编. -- 北京：中译出版社，2021.7
ISBN 978-7-5001-6714-3

Ⅰ. ①文… Ⅱ. ①铁… ②张… Ⅲ. ①中国文学－当代文学－作品综合集 Ⅳ. ①I217.1

中国版本图书馆CIP数据核字(2021)第132727号

出版发行 / 中译出版社
地　　址 / 北京市西城区车公庄大街甲4号物华大厦6层
电　　话 / (010) 68359303，68359827（发行部），68358224（编辑部）
邮　　编 / 100044
传　　真 / (010) 68357870
电子邮箱 / book@ctph.com.cn
网　　址 / http://www.ctph.com.cn

出 版 人 / 乔卫兵
总 策 划 / 张高里　刘永淳
特邀策划 / 王红旗
策划编辑 / 范　伟　张孟桥
责任编辑 / 范　伟　张孟桥
文字编辑 / 张若琳　吕百灵　孙莳麦
营销编辑 / 曾　頔　郑　南
封面设计 / 柒拾叁号工作室

排　　版 / 柒拾叁号工作室
印　　刷 / 北京顶佳世纪印刷有限公司
经　　销 / 新华书店

规　　格 / 787mm×1092mm　1/32
印　　张 / 89.75
字　　数 / 1310千
版　　次 / 2021年7月第一版
印　　次 / 2021年7月第一次

ISBN 978-7-5001-6714-3　　定价：568.00元（全10册）

版权所有　侵权必究
中　译　出　版　社

**作者
张平**

　　1954年生，山西新绛人。民盟成员。1972年参加工作，历任山西省新绛县东街学校教师，山西临汾地区文联编辑、文艺科长，山西省文联《火花》杂志副主编、创研室副主任，专业作家，省电影家协会主席，省文联副主席，山西省作协主席，民盟山西省主委，山西省副省长。现任中国作协副主席，全国人大常委会委员，民盟中央专职副主席。1981年开始发表作品。1985年加入中国作家协会。文学创作一级。著有长篇小说《血魂》《法撼汾西》《天网》《抉择》《凶犯》《红雪》《十面埋伏》《国家干部》《重新生活》，中短篇小说集《祭妻》《姐姐》《夜朦胧》，长篇报告文学《孤儿泪》，散文集《我只能说真话》等。

选编者
阎秋霞

　　阎秋霞，山西稷山人，太原师范学院文学院教授、硕士生导师，长期从事中国现当代文学史教学与研究。山西省作协首届签约评论家。在《中国现代文学研究丛刊》《中国社会科学报》《文艺争鸣》等期刊发表论文二十余篇，数次获山西省社科成果奖、百部名篇奖与教学成果奖。著作《现实的坚守与焦虑——转型期山西文学研究》，编著教材《中国现当代文学史综合教程》《中国当代文学读本》。主讲《中国当代文学史》获国家级一流本科课程认证。

目录

导言 001

短篇　**姐姐** 015

长篇　**天网**（节选） 041

长篇　**抉择**（节选） 090

长篇　**十面埋伏**（节选） 145

长篇　**国家干部**（节选） 181

长篇　**重新生活**（节选） 217

附录：张平作品创作大事记年表 251

导言

阎秋霞

"无穷的远方，无数的人们，都与我有关。"阅读张平的小说，总是想起鲁迅的这句话。

"文学边缘化""文学终结论"的悲观，曾在20世纪末弥漫了整个世界，中国也不例外。随着市场化的冲击，文学在经历了20世纪80年代的黄金时期之后，开始由中心走向边缘。然而，在"文学失却轰动效应"的时代，张平的系列小说却制造了经久不息的社会反响，深得读者喜爱和尊敬。

直面社会热点和关注个体生命是张平小说始终不变的主题。他以当代中国的社会、政治为背景，不遗余力地揭露现实黑暗、批判政治腐败、哀叹民生艰苦、呼唤公平正义、书写悲悯情怀，以文学在场的方式记录这个大时代里小人物的悲欢。

张平的创作始于少年时期，早在十六岁时就因给家乡编戏、写剧本而小有名气，为后来的小说创作奠定了良好的基础。发表于1981年的处女作《祭妻》和1984年的《姐姐》分别获得《山西文学》杂志一等奖和全国优秀短篇小说奖，先后被《新华文摘》《小说月报》等多家报刊选载。这两部小说均描写了荒诞年代的一粒微尘，如何成为一座大山压在每个人的身上，从而改变甚至决定了弱小者的命运走向。但其文学价值并不仅仅在于对那个时代"血统论"悲剧的深刻批判，更在于赞美作为妻子的"兰子"和"姐姐"——她们身上所闪耀的温暖、善良的人性光芒，在悲情、哀婉的叙述中显示的女性柔情和坚韧才是其之所以经久不衰的艺术魅力。

1985年左右的中国文坛在积聚着文学逃离政治的力量，西方门类众多的思想理论一股脑涌进中国，马尔克斯、卡夫卡以及博尔赫斯等的创作风格被作家们争相模仿，"喧哗与骚动"可谓当时文坛的生动写照。张平也不例外,他努力追求着文学的"新异",尝试写了一些具有现代派色彩的作品,尽管也得到了一些评论家的好评,在文学圈子内影响很大,但圈子之外影响很小。张平也觉得这种脱离了现实关注的"中国式现代派小说",不仅无法反映日新月异的现实生活,也和自己的生命体验比较有隔膜,更不符合大众读者的审美习惯。

处在十字路口的张平,一次座谈会上和刘郁瑞偶然相识,从此改变了他的文学观念,1987年因而成为他文学生涯的分水岭。他不仅被作为县委书记的刘郁瑞的一身正气所感动,更为刘郁瑞讲述的真实故事所震撼。权力腐败的触目惊心、百姓生活的悲苦无望激活了他二十多年生活在社会最底层所经历的种种苦难的生命体验,创作欲望喷薄而出。以刘郁瑞为原型创作的纪实文学《法撼汾西》《天网》(被誉为"以作家的良知写农民的命运")一经即引起轰动,尤其是后者,电影、电视剧、连环画、话剧、地方戏等几乎所有的重要艺术形式都对此进行了改编,县委书记刘郁瑞因此名声大振,成为经典的艺术形象被广为人知。自此,直面现实,深刻揭示现实中尖锐的矛盾斗争,为老百姓代言,替老百姓发声成为他的写作立场甚至信仰,正如他的宣言"我的作品就是写给那些最底层的千千万万、普普通通的老百姓看,永生永世都将为他们而写作",此后经年,张平始终不忘初心。

20世纪90年代之后,原本已不景气的文学又遭遇市场化的挑战,"纯文学"越来越被边缘化,其影响力越来越小众化。然而,张平却在不断呼吁作家重视文学市场,以此更好地为读者服务。他的《孤儿泪》《凶犯》《十面埋伏》《国家干部》等长篇巨著不仅获得第六届"庄重文文学奖""金盾文学奖"、全国"最佳畅销书奖"等各种奖项,而且以改编影视剧作等艺术形式,扩大了文学的影响。其中,1998年《抉择》获得第五届"茅盾文学奖"之后,2000年被改编为电影,创造了当年国产电影票房纪录,获得巨大的社会反响。文学价值、社会价值与市场价值得到了最大限度的呈现。

2008年,张平当选山西省副省长。从他卸任之后的第一部作品《重新生活》(2018年)来看,这段从政的经历让他对腐败危害有了更深层的认识和剖析。如果说之前的小说写的是基于政治体制不完善和人性贪欲、道德沦陷等造成的腐败现象,那么《重新生活》则是对腐败已腐蚀到民族文化深层根基的忧虑,是一部警世恒言,一部真正的反腐小说。

"赴汤蹈火百折不挠，誓死守护人民利益"，以此为主题的长篇小说《生死守护》于2020年6月开始在《啄木鸟》连载。作品依旧延续了张平反腐败主题，以文学的方式，解剖着城市化进程中土地被利益集团侵蚀、掠夺和瓜分的民生之痛。

张平数十年的创作，均在践行着"为老百姓写作"的誓言。1954年出生的他，四岁遭遇人生第一次变故，大学教授的父亲被划为"右派"，小康之家瞬间堕入苦难的深渊。从省城西安回到山西新绛县的乡下，不仅仅是生存际遇的改变，更因出身成分备尝人间冷眼。年少稚嫩的小身板挑大粪、挖水井、掏猪圈、拉粪车的艰难岁月成为张平永远的生命底色，而在《天网》之后成为民间"第二信访办"，许许多多申冤无门的老百姓找他求助。面对这份信任，面对民间疾苦，他没有办法无视在煤窑、铁矿里的像狗一样的打工仔；那些在最原始的车间作坊里每天连续工作十好几个小时、从来也没有过星期天的农家妹；以及那些有病扛着一辈子没住过一天医院的"父老乡亲"……即便后来做了高官，也从未改变张平持续关注底层百姓生存境遇的根本立场。

张平从不讳言自己的小说就是"政治小说""社会小说"。在他看来,"作为现实社会中由于共同物质条件而相互联系起来的人群中的一分子,放弃对社会现实的关注,也就等于放弃了对民众利益和自身利益的关注"。因此,他几乎所有的作品均是以政治场域作为故事发生的背景。农民李荣才上访三十年的悲凉人生、各大利益集团的官官相护、国有企业职工的下岗之痛、经济改革的困惑阵痛、司法部门的权力失控、党群关系的空前紧张、腐败深层的文化积淀……是作家的责任和良知在促使张平持续不断地关注当代中国复杂的社会问题和热点,因为"要让我放弃对社会的关注,对政治的关注,那几乎等于要让我放弃生命一样不可能"。

在流行虚构写作、书斋写作的当下,张平却执着于行万里路、成一卷书的生命式写作。为了保障写的东西是生活中真实发生的事件和人物,他一次次下乡采访,贴近底层百姓,寻找创作的源泉。写《十面埋伏》时,为了体验真正惊心动魄的感觉,张平曾跟着特警队连夜奔袭数百公里,到邻省的一个偏远乡镇去解救人质。回来后,他昏睡了两天两夜,上吐下泻,高烧不退,患急性中耳炎住院二十多天。还有一次去山区调查采矿事件,不幸跌下山涧,腿都摔坏了……正是这种别人眼里愚笨的写作方式,使他的小说充满了充沛的情感和真实的力量。

在西学渐进的文坛背景下,正如张平所言"当数以亿计的农民还在津津有味地读着《三侠五义》《包公案》时,当他们还在耳熟能详地谈论着《封神榜》《杨家将》时,当我们的中小学生们都在如饥似渴地读着'金庸''古龙'时,我们作家的创作文本,却已经超越了几个时代"。很显然,那些技术翻新的现代派小说已远远超出了普通读者的接受能力。对于他们来说,所谓的艺术性就是"好读、好懂、好故事"。张平深知,为老百姓写作,就是要充分尊重他们的审美习惯。

张平的小说叙述充满了中国传统文学的特色,借鉴了章回体小说、传统戏曲和民间说书艺人的诸多叙事策略。例如,以悬念(伏笔)引发读者阅读兴趣、以矛盾冲突推进故事发展、多为线性的单声部"独白式"叙述、画面描写颇具镜头感、政论话语的强力介入等。

欲知后事如何,且听下回分解是中国章回体小说典型的叙事特征,即以悬念作为推动故事的动力。张平的大部分小说都始自悬念,《天网》开头刘郁瑞寒夜偶遇李荣才,《抉择》开头中阳纺织厂群体上访箭在弦上,《国家干部》

开头就剑拔弩张，干部选拔的关键时刻当事人夏中民消失……读者不仅在开始就被悬念营造的紧张氛围吸引，而且始终就在悬念的密集设置中追寻故事的结局。整个小说的每一个情节点几乎都隐藏着连环的秘密，高潮迭起、险象环生。虽无章回体小说之形，但深得其叙事精妙。

小说戏剧化无疑会增加小说可读性，让读者体会峰回路转、柳暗花明之阅读快感。张平对此策略运用得出神入化。

《天网》中的刘郁瑞深信李荣才的冤屈，但在一张盘根错节的权力网络中如何突围？在一次次的较量中，眼看深陷绝境，每每又能化险为夷，经历了多重翻转之后的李荣才案几乎无望时，当年的经手人刘玉杰因为良心谴责，终于在弥留之际揭开了被众多拥有大大小小权力的人努力严守二十多年的隐秘，读者始终高悬的心终于在最后一刻得以安放。

《抉择》中的李高成之情与理、爱与恨的冲突就更为错综复杂。一面是自己当年排除各种反对声音提拔的、他极为信任欣赏的中阳集团的领导们，一面是他心心念念的纺织工人们；一面是老领导严阵的提携之恩，一面是严阵为首的惊天腐败；一面是恩爱的结发妻子，一面是在金钱面前迷失了的妻子……李高成从小说出场就处在抉择的两难之中,选择人民、正义,还是屈从于权力、亲情,都是吸引读者探秘的阅读驱动力。

《十面埋伏》几乎是张平小说叙事技巧的集大成之作。犯人王国炎装疯卖傻牵出了一起惊天大案,四条线索齐头铺排,蒙太奇的影视技法切换自如,正邪较量,智勇相斗,明暗互生,读者在阅读故事的过程中,也在享受着侦探破案的满足,不到最后一刻,谁是好人谁是坏人都难辨真假。就这样,阅读者变成了探秘者,在不断设置的冲突中获得了紧张刺激、酣畅淋漓的快感。

张平的小说绝大部分都采取了全知全能的叙述视角,就像古典小说中说书人,无所不知无所不能,语言朴素明晰,多为线性独白式叙述,作者借叙述者来充分发出自己的声音。刘郁瑞、李高成、罗维民、何波、夏中民等人其实就是张平的精神化身。全知视角的好处就在于能够借助小说中人物的心理纠结、内心独白以及对社会时弊的针砭,体现作者的思想穿透力。大篇幅的政论话语是张平小说的一大特色,这一点和恩格斯认为作者的政治倾向"应当从场面和情节中自然而然地流露出来,而不应当特别把它指点出来"显然不同。在《抉择》中,李高成对现实的忧虑是通过大量的反思完成的,诸如"在中国现阶段,我们同社会的关系好像一直就是这样:领导干部管理社会全靠个人的素质和魅力,及其本身的自我制约能力。一个好的领导干部,可以让他管辖的区域艳阳高照、莺啼燕语;而一个坏的领导干部,则可以让他下属的地方天愁地惨、疮痍满目……"尽管这样的见解也许并不高明,但因为是常识,才更触动人心。值得注意的是,张平小说中的政论性话语既没有晚清时期政治小说长篇论辩的枯燥,也摒弃了谴责小说愤怒嘲讽的绝望,而是明白易懂,成为小说不可分割的组成部分,往往使读者在此流连忘返,被充满激情的、深刻的剖析所吸引。

现实主义和浪漫主义的美学原则往往是相互排斥的。然而,张平却在他的小说中创造性地使二者融合,形成奇异的美学风景。他以非虚构的现实之真还原了生活的荒诞和残忍,并进行了入木三分的揭示与批判,但又以虚构的艺术想象,放飞了他积极浪漫的理想。冷静、客观的现实再现所给予读者的冲击力和激情、热烈的主观抒情带来的感染力,即客体与主体在张平的小说中形成了巧妙的平衡与和谐。读者在深刻体味现实之痛时,又总能够得到理想之光的抚慰,从而燃起生活的希望。他的爱与恨、是与非、歌颂与鞭挞都是"从骨子里渗出来，潜意识里冒出来，血液里流淌出来的"，因而，带给读者心灵的震撼、精神的鼓舞要更为强烈。

文学是一种善的形式，深受中国传统美学影响的张平小说洋溢着阳刚美、崇高美与神性美。从《祭妻》《姐姐》开始，就显示了张平不同于当时伤痕文学感伤的美学品格，在后来的创作中，他一直努力呈现着健康、积极、乐观的精神风貌。他的小说中活跃着一个个健全的道德人格，不慕钱财、不畏强权、洁身自好、乐观向上、坚持正义的人物形象，具有完美的神性品格。在20世纪90年代以丑恶、悲观、虚无等为文学之美的背景下，张平对黄钟大吕的美学追求显然有其重要的意义。

张平的小说具有娱乐性、市场性、民间性特征。早在东汉时期，班固就认为"小说家者流，盖出于稗官。街谈巷语，道听途说者之所造也"。可见，小说最初是与民间最为贴近的一种文体。从远古神话、传说、魏晋时期的志怪、唐代传奇、宋代话本等沿袭而来的中国小说，与传统诗文的载道传统和后来逐渐兴起的文人小说均有很大不同，历来重视传奇性、娱乐性以及市场性，阅读快感是读者保持持续专注力的秘诀之一，也是大众读者的审美意趣所在。

但这种大众的审美需求在"五四"之后精英文学史的叙述中逐渐遭到压抑,文学审美越来越成为圈内人的孤芳自赏。中国十多亿大众读者的审美需求正通过全球最庞大的网络文学得以实现。然而,网络写手水平鱼龙混杂,糟粕泥沙俱下,其产生的精神毒害和负面影响不言而喻。正如张平所言:"面对着这样的一个局面,真正的作家应该清醒地意识到,拒绝文学的市场化绝不是、也绝不等同于让文学拒绝市场。文学失去了市场,也就等于失去了读者,失去了阵地,最终也就等于失去了真正的文学。"张平通过小说的娱乐性功能,促进了市场的流通,实现了文学的接受和传播,从而滋养了读者的精神世界。

张平,以自己的方式,为这个时代的文学赢得了尊严。

张平创作谈：

  小说《姐姐》是第一部获得全国优秀短篇小说奖项的作品，是在春节前夕写出来的。那时候我刚刚大学毕业，一个人在市文联机关，还没休假回家，大街上的人很少，偶尔听得到四处零零碎碎的鞭炮声。1983年改革开放初期，人们内心充满希望和期待，"春天来了"成为最多的用语。在这样的氛围里，我突然想起了姐姐，想起了父亲母亲。1958年，三十多岁的父亲，西北工学院最有影响力的年轻教授，最后一批被划为右派分子，双开，劳教，被押往马兰农场劳动改造，全家被遣返山西农村。我和妹妹尚小，对社会家庭的灾难还没有任何感觉，只记得一次和母亲洗脸，她在脸上擦了一把又一把，汹涌的泪水像两道小河一样流淌不止。姐姐那时十三岁，正在读初中，已经完全懂事。姐姐从一个教授的女儿，一个品学兼优的班长，仿佛突然从阳光明媚的云端里一下子掉了下来，根本不知道将会有什么样的命运和前途在等待着自己。如果没有这场变故，等待姐姐的一定会是一个铺满鲜花的锦绣前程。

  姐姐最终嫁给了一个山村的老实农民，由于政治的原因，右派的子女那时很难嫁出去。但是，姐姐面临人生难以逾越的坎坷，在困苦的环境中没有沉沦，没有低头，没有随波逐流。她改变了自己，也改变了自己的家庭。当时我没想到《姐姐》能发表，觉得太真实了，也有太多的追问和苛责。感谢《青春》，感谢《姐姐》。是《姐姐》改变了我的文学道路，也改变了我的人生命运。

短篇

姐姐

快过春节了,爸爸连着嘱咐了我两次:要我给乡下的姐姐写封信,一定要姐姐来城里过年,还要姐姐带上孩子,让姐姐一家子都来。

也许是近则怨,远则亲的缘故吧,爸爸对他眼跟前的我和弟弟妹妹,老是这不对那不是地挑剔,然而一提起远方的姐姐,就毫不掩饰地流露出无限的慈爱和眷念。

去年,爸爸复职后第一次过生日。我和弟弟几个每人都给父亲送了一份挺厚重的礼物。爸爸默默地收下,并没说什么。当姐姐给爸爸寄来一包醉枣时,却让爸爸动情了。他絮絮叨叨地说了一遍又一遍:"知道吗,你姐给我寄来醉枣……"

我们姊妹几个，谁也不以为这是爸爸的偏心。

爸爸妈妈1978年右派改正，弟弟妹妹的户口便跟着带了出来。我虽然超过了年龄，却在这年考上了大学，毕业后，也分回了父母身边。只有姐姐，仍然留在农村，在千里之外的偏僻小县，做着一个农民的妻子、一个大家庭的主妇和四个孩子的母亲。

老实说，爸爸对姐姐的思念里，除了儿女之情，更多的是钦佩，是内疚。我常常想，论姐姐的智慧、才能和毅力，假如没有这几十年的空白，也许真会是个了不起的人才！

全家搬往城里时，姐姐前来送行。临分手时，爸爸瞅着姐姐那单薄的身材，被冷风吹得有些苍白的脸色，眼睛潮潮地说："我一定给领导申请，争取能给你弄个名额，把户口迁出来……"

"哎呀，爸爸！"姐姐打断了爸爸的话，"您刚开始工作，想这干啥，再说，就是让我去，这会儿也去不了。"

1981年爸爸被委任为学院的副院长时，终于给姐姐申请了一个名额。

欣喜万分的爸爸，打电报都嫌慢，连夜给姐姐打了个长途电话。姐姐接到电话已经晚上十一点多了，大冬天，姐姐连围巾也没顾得上围，慌慌忙忙地跑到大队办公室时，气喘吁吁地连话也说不清了："爸爸！是，是您吗？家里……出了什么事啦？"

爸爸把情况告诉她时，她松了一口气似的说："这事呀，爸爸你真把人吓死了！妈妈好吗？弟弟妹妹呢？"

"好，都好！"爸爸有些不耐烦了，"我的话你可是听清楚啦？明天就在队里办你的户口。我这儿一切都办妥了。手续到了你那儿，也就两天时间，要快……"

"哎呀，爸爸，我不是给你说过了嘛！家里这会儿怎么能离得开……"

"我再给你说一遍，这回可是连户口带工作都解决了。别忘了，已经快四十的人了，再拖下去，这一辈子就完了。这是最后一个机会！你听见没有？"

"爸爸，你听我说……"

"我什么也不听！明天就给我办户口。五天以内，办好手续启程。拍个电报，我在车站接你。"爸爸一腔怒气，不容姐姐再说什么，啪的一声便把电话挂上了。

三天后，爸爸收到了姐姐一封信。

爸爸：

我没有生过你的气。就是当年在爸爸的默许下，女儿的命运交给了一个山村农家时，女儿也没生过你的气。爸爸，我知道，这根本不怪你。

可今天，爸爸，我真生你的气。我怎么也没想到，在女儿的问题上，爸爸表现得这么专横，这么不负责任。

爸爸，女儿已经不是以往的女儿了。女儿的命运也不是只系在自己一个人身上了。

爸爸这样做也许是为了对得起儿女。那么女儿呢，女儿也应该对得起儿女，对得起这个家庭。

爸爸，我是有感情的，人还有良心。

……

两个月后，我和爸爸一块儿回到了曾居住过二十年的山村。当然，主要是看望姐姐和劝说姐姐。

姐姐的确不是当初的姐姐了。

近四十岁的姐姐，虽然神采奕奕，眼睛明亮，但脸上早已布满了细密的皱纹，背也有些佝偻，姐夫显得更老了，年轻时就得下的气管炎已经发展成哮喘病了，虽然仍是手脚不停，但脸面灰黄，两眼浮肿，已是一身病态了。

爸爸一见姐姐、姐夫的样子，眼泪顿时就涌了出来。

姐姐也哭了，不过哭得跟爸爸并不一样。姐姐是带着笑意落泪的。她一边抹眼泪，一边埋怨爸爸："我还以为你真会不理女儿了呢，两个月不给我来一封信。"

爸爸想说什么，还没来得及说出口，几个外孙便扑上来了。爸爸赶忙擦干眼泪，让我把带来的糖果包打开。

瞧着姐夫病病歪歪的样子，谁也不会想到他的几个孩子会长得这么壮实。全都白白胖胖，一副活泼狡黠的样子，围在姐夫跟前，就好比是一株朽木旁生出的许多旺盛茁壮的新芽！

姐夫的家，兄弟七个，除了去外乡当赘婿的老二外，老三老四新近已经娶了媳妇，这会子又忙着给老五准备了。令人不解的是，一大家子近二十口人，竟还没有分家！

这是生产队里实行责任制的第二年。姐姐这一家正显示着一股不可遏制的生气。弟兄几个承包了六十亩山坡地，二十亩果园，两年之间，已成了这一带众目瞩望的农户。

以前的三间土坯房，早已翻新成六间大瓦房。中间隔了一道墙，成了两个院。这两个院的前边，又有六间房子的大样盖出来了，只剩下泥墙抹灰、盘炕垒灶。看样子，老五的媳妇大概就要往这新房里娶了。

吃饭的时候，一家人聚齐了。纷纷来见过爸爸和我，寒暄几句后，便各到各的地方吃饭去了。虽然人声鼎沸，满屋里闹嚷嚷，但一点儿不显得乱。谁舀饭，谁端饭，谁在哪儿坐，都有条不紊，秩序井然。

陪我们吃饭的是姐姐、姐夫。姐夫是个不爱说话的人，除了不断地要我们多吃些外，并没有多余的话；姐姐呢，身边就没个闲空儿，老是刚说两句，就被旁人打断了："嫂子，五婶又来了。大概还是给老六说媳妇的事儿。"

"告诉她，让她晚上来好了。"姐姐轻轻一挥手。

"嫂子，老梁叔说他家的白灰还有多余的，问咱要不要。"

"要！你一会儿跟老头一块儿去看看，好了就全弄过来。"姐姐头也没转。

"嫂子……"

望着眼前的情景，我突然明白了一个事实：统率这个家庭的核心人物是姐姐！

埋头在一旁吃饭的姐夫，既没人问他什么，他也从不过问什么，置若罔闻，连眼睛也不眨一眨。长得五大三粗、强壮有力的几个小叔子，对姐姐全都格外恭顺尊重，即使是件小事，也要跟姐姐商量。姐姐有一个全村人都知晓的诺言：几个小叔子，一人一座院。等媳妇全娶过来后，再分家。

我坐了一天一夜的火车，困得很，一躺下就睡着了。一觉醒来时，一看表，刚刚十二点。四周黑黝黝、静悄悄的，只有隔间房里还亮着灯，有人在说话。听了一会儿，才听清楚那是姐姐的声音。

姐姐的声音不高，话音里却分明透着一股火气，明摆着是在训人。刺啦刺啦的纳鞋声，在话语的间歇中，也不时响亮地传了过来。姐姐是在训斥老三！

"……看着你这一向的劲头，就知道你心里做事了。我还想着你不会那么好意思，谁知道你真能干出来！过去给你娶媳妇花了不到一千块，如今老五花了小两千。你觉得吃亏了不是？你摸摸心窝想想，那年头挣一块钱有多难！为你的婚事，你哥硬撑着那副病身子，领着你们几个的，上山整整拉了两个月的炭，才给你挣来这么个媳妇。觉得你家里摆的、用的旧了，不时兴了？可那上面哪一样没你们兄弟几个的血汗！都像你，你哥和我当初就分出去过了。一家人散了摊子,一个人单枪匹马,看你能娶下媳妇,挣下家当不!你哥那年累得吐两次血都没告诉过你!可你,到外地贩了一回牲口,明明挣了一千多,你咋有脸拿过三百块来!拿回去,我不稀罕!没你那几个钱,老六老七的房子也一样盖,媳妇一样娶!不愿在一块儿了,想分家,就提出来!用不着这么遮遮掩掩的。房子家具都现成的,由你挑,由你拣。我说一个不字,就算我这嫂子不是人……"

黑暗中,我吃惊地瞪着眼。怎么也没想到姐姐说话会这么泼辣,这么强硬,这么一点儿不讲方式!好像这不是她的小叔子,而是她的小儿子!最令人诧异的是,不管姐姐说得有多难听,老三自始至终一声没吭。只是偶尔能听到他吸烟划火柴的声响。到最后,硬是让老三媳妇跑来当着姐姐的面,狠狠地数落了他一顿,给姐姐赔了不是才算了事。

老三走的时候,已经很晚很晚了。静静的院子里,只有姐姐那刺啦刺啦的纳鞋声,一下比一下发狠,响了好久好久。

在这强劲有力、如怨如诉的纳鞋声中,我的睡意全消,翻来覆去地怎么也睡不着了。

身边的父亲也一直不停地翻转着身子,不时还轻轻地咳嗽一声。爸爸也醒着。

黑暗中，脑子里姐姐的影子不断地变幻着，怎么也撮合不到一块儿。

我记忆中的小时候的姐姐，相当好看，身材灵巧，不高不低，圆圆的脸，肤色很白，梳着两条当时时兴的长辫子，配上那一双亮亮的眼睛，真是楚楚动人！姐姐会唱歌，会跳舞，一逢节假日，学校组织演出，爸爸妈妈总要领着我，去看姐姐的表演。当姐姐唱完了，台下响起一片掌声时，爸爸高兴得连眼泪也涌了出来。

我是在姐姐十岁的时候出生的，所以幼时的姐姐被父母百般娇宠，视若掌上明珠。姐姐也很聪明伶俐，思维敏捷，八岁就会背一百首唐诗，十一二岁就能看懂《三国演义》《西游记》。学习好，又是文娱骨干，在学校也一样是宠儿，年年是学生干部，还当过学校少先队的大队长！她的面前曾经是一条铺满鲜花、芳香扑面的锦绣大道！

所以我常常想，1957年父母遭挫，全家被遣，摔得最重最惨的应是姐姐，那时我们尚不懂事，而已经上了高中、十七岁的姐姐，则像是从云端里掉下来一般，由一个人人仰慕的大学教授的名门闺秀，沦落为人人不齿的五类分子子女，以致最后要嫁给一个身材矮小，一副病态的山村农民，对她来说，这是做梦也不会想到的事。

姐姐是二十七岁出嫁的。

近十年的山村生活，虽然磨炼了她，但家境的困顿以及父母的政治身份所带来的前途和婚姻的一次次挫折，终于摧毁了她精神上的支柱。因此姐姐的出嫁，不能不说是对她生活压力的大败退！她无力抗衡，无可选择了，只能转身一跳，是沟是崖，也全然不顾了。

所以当姐姐最后那次"相面"回来，默默无语，以示应允的时候，真是全家最悲怆的时候。我常常想，那时若姐姐轻轻说一句，她不嫁人了，爸爸妈妈就是再痛苦，再难受，任凭别人怎么说，也一定会应允的。反过来，若是爸爸妈妈说上一句，不让姐姐这样走了，那姐姐就是当一辈子处女，也不会这样糊里糊涂嫁了人。然而双方都没有这样说。

结婚那天，当爸爸妈妈看到这个矮小瘦弱，不时咳嗽的姐夫时，全都号啕了。

只有姐姐没哭。她那麻木迟钝的脸上看不出任何表情。那时破"四旧"，没有鼓乐，没有鞭炮。姐姐穿着那一身并不鲜艳的新衣服，跟着姐夫，跟着那一溜儿迎亲的人，默默地走了。

姐姐在农村的十年中,受到的是不尽的白眼和冷落。尤其是"文革"中,"狗崽子"的遭遇又让她受够了歧视。对姐姐来说,无论是心理上还是生理上,都多么需要一块庇护之所,而给了姐姐这块庇护之所的,正是姐夫这一家子!

三十四岁的姐夫,下面还有六个弟弟。找活出身的伯伯、伯母,像盼闺女一般地盼着儿媳,就是盼不来一个。虽然是贫农成分,因为弟兄们多,房产少,家里穷,队里分红低,终究没人肯上门。

所以当爸爸妈妈流着眼泪送走女儿时,姐夫家里却燃着大把大把香烛,合家欢欣而异常隆重地像接神一般地迎接着儿媳。

也许连姐姐也没想到,姐夫的脾气会这么好。在姐姐跟前,他绝对地百依百顺。姐姐的一个眼色,足以使他六神无主,坐卧不安,或者是疲于奔命,汗水淋漓。他虽然身体瘦小,但肩负的生活重担绝不比任何人轻。家庭的贫寒,使他从小就领略了人间的忧愁。身为老大,又让他过早地为家事操劳。他懂得一个山区的庄稼汉娶个媳妇有多难。他深谙老父老母的企望和盼求。像他这个一屋子光棍汉的家庭,娶来一个媳妇,就是给全家娶来希望和依靠,娶来了生存的勇气和信心。

这一切,使通晓事理的姐夫深感自己责任的重大。因此,姐夫对姐姐的顺从,不仅仅是害怕畏惧,更多的是一种崇奉尊重。

新婚十日闹新房,要姐夫出节目。姐夫想看看姐姐的眼色,猛地瞅见姐姐眼里有如冰一般的冷光时,浑身上下顿时都颤了。那些晚上,不管别人怎样推、拉,姐夫始终一下也没动过姐姐。

如果说,姐姐那种默默无声、一脸绝望的神色给我们家带来的是无穷的忧虑的话,那么给姐夫一家带来的,则是一片惶恐和不安。

姐夫和伯伯、伯母对姐姐并不会"对症下药",他们也没有这种"药",他们唯一的法子,便是从各个方面去猜测姐姐的心理,然后以他们认为合适的方式去"疗治"和安慰姐姐。这种"疗治"产生了巨大的功效,因为它包含着一种极为珍贵,也是姐姐极为需要的东西,这就是对人的尊重。她受到了人的待遇。

姐姐过门一个月便是春节。初一一大早,姐夫的六个弟弟，由老二领着，恭恭敬敬地走进屋来，齐声叫了一句："嫂子，俺们给你拜年了！"还没等姐姐明白过来，兄弟六个早已齐刷刷地跪了下来，一人给她磕了一个响头。

姐姐呆了。她茫然地怔在炕上，半晌没说出一句话来。姐姐快三十岁了，还没有人这样对待过她。

虽然只是一种形式，但这种形式却给了姐姐巨大的震撼。

六个小叔子一人给她磕了一个响头。

午饭时，自过门后在父母跟前从没吭过一声，顿顿饭都由姐夫或者老六老七送过来的姐姐，竟破例地走进公公婆婆屋里，也给两位老人每人磕了一个头。

公公连鞋也没顾上穿，慌忙把儿媳妇搀起来。婆婆高兴得嘴唇直哆嗦，眼泪怎么抹也抹不完。

欠着一屁股债的伯伯、伯母把早已准备好的二十元磕头钱，塞在姐姐手里。姐姐没要，硬是让姐夫又转了回来。

吃过饭，姐姐一转身出来，伯伯就把老四骂了个狗血淋头："早上让你给嫂子磕头，你还哼哼唧唧的。告诉你，你嫂子可不比别人，人家是有文化的，你弟兄几个捆在一块儿也不如人家！啥四类分子、五类分子，在外头咱管不了人家咋说，进了咱家的门，可就是你们的嫂子！晓得吗，若不是你嫂子，换个别人，咱家再多花一半也不知能不能把人家娶来！人要有良心。一见你嫂子，就知道人家是个能过日子的……"

姐姐全听见了，听得泪流满面。

姐夫的家，祖祖辈辈都是贫苦人出身。他们生就了一种吃苦耐劳、勤勉节俭、忍辱负重的性格，并且从不会失去人的尊严，失去人格，失去对生活的热情。他们把人的情分看得比一切都贵重。

十四岁的老七，有一次在地里干活，听见有人在背后骂了姐姐一句"五类分子""臭屎"，登时气得红了眼，不顾一切地扑上去，向那人狠命咬了一口。那人反手抠了一把，把老七的衣服撕了好大一块。全家人为这事闹翻了天，要不是被大队主任制止住，差点要跟那个人拼了命！

那一晚，姐姐给老七缝衣服时，细细地，密密地，缝了好久好久。她的脸上表现出了一种从来也没有过的神色。姐姐的情感升华了，是的，她感觉到了，这一家人已经把她同他们融为一体，不可分割了。他们不仅把她当作一个人一样地看待，而且尊重她，敬爱她，像卫护自己的生命一般去卫护她。

在这种淳朴得有些原始的信义和情愫中,姐姐渐渐变了。姐姐不知不觉地承担了年迈的婆婆负担的一切家务。一家人的吃、穿、洗、涮,姐姐一个人全顶了。再忙再苦,以姐姐的灵巧和智慧,也要让一家人穿得齐齐整整,吃得热热乎乎。姐夫一家人逐渐都感到了姐姐对这一家人的深沉的爱。

姐姐婚后一年多,伯母便去世了。弥留之际,她把姐姐叫到跟前,指着兄弟几个,嘱咐了又嘱咐:"他们……几个,俺就交给你了……好歹……让他们成了家,俺就是在阎罗殿里,也忘不了你……"

没想到伯母去世不久,伯伯也一病身亡。伯伯是急症,几个钟头内便咽了气。当时,几个儿子围了一圈,怎么叫也叫不应。当姐姐赶来,拨开众人,轻轻地喊了一声"爹"时,伯伯"唔"了一声,竟陡地睁大了眼。他伸出手,似乎想在姐姐头上摸一把。晃了两晃,便无力地垂了下来,再也不动了……

公公虽然什么也没说,但一切都分外明白,这个家交给她了。一个半病的丈夫,一屋子光棍汉,还有这三间陈旧的土坯房。公公婆婆在他们离开这个世界时，以他们最后的遗嘱，再一次赢得了媳妇的心。

财产是微不足道的，然而这种委托里却包含着一种极为悲壮的成分。

在这种悲壮里，姐姐得到了一种比任何东西都更为可贵的东西，这种东西远比地位、金钱更为重要。

结婚十多年，姐姐的房间里，唯一的摆设，还是那张黑乎乎的，连抽屉也没有的旧桌子。同几个小叔子家里那一套套新颖入时的大柜小柜相比，简直如同两个时代的物品。

姐姐把整个一颗心都扑在这个家上了。

我常常想，像姐姐这样一个女子，领导这么一个大家庭，有多么不容易。敢于如此指责只比自己小几岁的小叔子，那该有多大的勇气和信心！如若不是襟怀坦白、光明磊落、秉公无私，对这个家有着浓厚的感情，何以能有如此的威望和气势？去年，我和妹妹都毕了业，爸爸第一次过生日，弟弟结了婚，都是该庆贺的事。春节时，爸爸说啥也要让姐姐来一趟，还让我专门回去接姐姐。

两年不见，姐姐显得老了许多。刚四十岁，两鬓都有些发白了。

农村人的婚事大都在春节办，姐姐也正忙着筹备老七的婚事。还有一件比这更急迫、更要紧的事情：姐姐要在老七娶亲前，把家分了。

也许是吃惯了小锅小灶吧，眼前这个庞大家庭嘈杂的气氛让我怎么也受不了。瞅着眼前忙忙乱乱的情景，我既生姐姐的气，又替姐姐焦虑。为什么不早把这个家分开？到现在了，看你怎么分？一人三间房，一座小院，这还好说，可还有一台拖拉机、一台脱粒机，两匹骡子、三头牛，还有一堆各式各样的农具，这哪里是一个家，分明是一个小生产队！

看上去跟平时并没两样的家，实际上在内里早已惶惶不安了。各路亲戚、各方朋友，都借着看望一到冬天病就加重的姐夫，纷纷向姐姐进言，各为其主，各抒己见。一来想暗里探探姐姐的口风和打算，二来是想委婉地表明自己一方的希望和要求。姐姐的炕头上，常常放满了糕点糖果。姐姐的屋里，客人比往常多了几倍。

逢人们絮絮叨叨地说这说那时，气喘吁吁的姐夫躺在炕上，或者拿上个小凳坐在太阳地里，听也不听，理也不理。就是有人找着他，他也总是那么头都不抬地说一句："你找他妈去说吧。"压力全在姐姐一人身上了。

就连四邻八舍的，也都替姐姐暗里捏着一把冷汗。

千百年来，总是让弟兄之间反目相视的分家，姐姐又将如何去处理？

而且姐姐把分家时间安排得同别家根本相反。别家都在婚后，而姐姐偏要放在婚前。万一翻了脸，这个婚礼岂不要闹得一塌糊涂！

然而姐姐看上去好像一点儿也不慌。沉着脸，由着人们怎么说，只是一心放在老七的婚事筹备上。等老七的房子、家具、吃穿用住全都齐备，光剩下媳妇过门、宴请亲戚了，这才好像能腾出手，操心分家的事了。

姐姐的分家真叫人估不透。亲戚朋友，邻居长辈，谁也没请，只请了一个会计。

望着姐姐肃穆的脸色，全家谁也没过问什么。一直到了腊月二十二，事情才开始张罗起来。

这正是公公去世十周的日子。

姐姐和几个妯娌，做了各式各样的食品，摆上了素席。姐姐把未过门的老七媳妇也请了来。

灵位前燃上了大把的香烛，摆上了姐姐精心制作的花圈。

祭奠完毕，姐姐把一家召在一起。我暗里数了数，大小二十五口，还不算不在家的老二。

姐姐搬出一张桌子，从屋里抱出几大本厚厚的账簿，连同一个黑亮黑亮的木盒，全都摆在了桌子上。会计也被请来坐在一旁。

看姐姐的架势，俨然是在开会了。

姐姐态度自然，表情严肃，绝无矫揉造作之感。口气好似拉家常，却分外感人。

"老四家的，把孩子管管。好了，大家也都别说了。下边咱们说正经的。"

屋子里顿时静了下来，连嬉闹的孩子也一声不吭了。

"说啥呢，大家都知道，咱们要分家了。就是爹娘在世，迟早也是要分的，说实在的，我一站在这儿，瞅着咱这一大家子，瞅着你们一对儿一对儿和睦恩爱的样子，我这眼睛里头就湿湿的。我常给人说，要是爹娘能活到今天，那该多好！"

"人们说，娶了媳妇忘了娘。可我说，在咱们家里，不会有这事。爹娘是在最苦的日子里不在了的，所以就应该常常记挂着他们。娘死的时候，咱这一家子就你们弟兄几个。娘把你们一个一个叫到跟前，嘱咐了又嘱咐，要大家再穷也要合成一团，谁也不要只顾自己。爹咽气的时候，眼前还是你们几个。他人死了，可眼睛还睁着！……你们几个哭得死去活来。就是日子过好些了，一想起来还是泪流满面。因为你们知道，爹娘为了几个儿子，没享过一天福，活活受累了一辈子。娘犯病的时候，疼得把头直往炕头上撞，也舍不得喝一口药……"

眼泪从姐姐的眼里不住地流下来，屋子里一片唏嘘。小孩子也跟着呜呜直哭。

"嫂子，说这些干啥！"老五眼睛红红地嘟囔了一句。

"那就不说了。不说了，可我们总得记着。要不是政策好，咱们这一家怎么能有今天这气势！要不是大伙儿在苦水里泡过，知道兄弟情分的宝贵，咱们家怎么能这样热热火火地一直过到今天！"

"有人说，今儿可不比过去了。没有钱的时候是亲兄弟，有了钱那可就是大仇人！我说这是屁话！为了几个钱，连亲骨肉也不认了，这号人，连畜生也不如！人要有良心，活着，哪能光顾自个儿！"

满屋里静悄悄的。弟兄几个默默地低着头，似乎都在想着自己的心事。

"前几天,我到大队跑了跑。大队的砖瓦厂要包出去。只怕没人干。我说,交给我家,我们包!大队长说,你们不是就要分家了?我说,家分了人可没分!兄弟还是兄弟,放在一块儿还是一家人!大队长高兴了,说要是这样,就包给你们!这号活人少了没法干,人多了又怕弄不成,交给你们,大队也放心。我算了算,就是投资大点儿。不过咱们不是有拖拉机么,再买上一台制砖机,建上两孔烧窑,也就行了。我算了算,闹好了,一年弄个数万块没问题。我估摸好了,老三、老六、老七,你们三个合伙包这一桩最合适!"

"果园和地呢,就交给老四、老五。你们不善交际,庄稼地里可是一把好手!明年开了春,除了口粮和公粮,咱们因地制宜,多种经济作物。我给林场说好了,在果园旁,咱们再植二十亩树苗,也不少弄钱!"

一家子人,这会儿都睁圆了眼,眼巴巴地盯着姐姐,连我也听呆了,想不到姐姐想得这么长远,这么圆满!

"咱们的家分定了。这是几年来的账单,收入支出,我让会计核对了好几遍。余下的钱和存折都在这个黑盒子里。一共还存9695块6毛钱。我把账本复写了六份,一家跟前一份。大家好好算算,再好好想想。仔细考虑两天咱们再分家。过两天，是为了几个坛坛罐罐争得六亲不认呢，还是伙起来拧成一股劲，好好干他一场！哪头大哪头小，大家认真掂量掂量。钱是人挣的！要紧的是大伙要一心！别只顾眼前，只顾自己，烂了心肠，丢了亲人……"

姐姐说完了的时候，一家人都还呆呆地坐在那儿一动不动。

分家的时候，我已经回城了。听人说，姐姐的家分得利索极了。一来因为姐姐对几个兄弟一样公平；二来几个兄弟谁也没开口争这抢那，都觉得合理满意；三呢，同姐姐这一份相比，他们谁也要强得多！

老七成亲的那天，弟兄几个比以往更热和，更亲乎！

姐姐终于来信了。

姐姐说她今年一定来。还要带孩子来，姐夫也来。

姐姐说了，她从城里到乡下，已经二十多年了，这回她要好好看看，好好玩玩，再好好给姐夫看看病，舒舒服服地在这儿过个春节！

姐姐的语气，竟像个小孩一样！

名家点评

　　从小在农村长大，使他和普通劳动者在感情上有着天然的联系。家庭的文化熏陶，又使他不同于一般的农家子弟。他和许多年龄相近的知青作家不一样，不是以"外来户"的眼光看农村。譬如《姐姐》，是以亲属为原型创作的。作品中的女主人公是个历经磨难而坚韧不拔的女性。姐姐小时候是父母的宠儿、学校的一枝花。由于父亲被错误处置，她从令人钦羡的"名门闺秀"沦落为被周围人所歧视的"黑五类"子女。二十七岁时，"下嫁"给一个普通农民作妻子。作品对"左"的批判是很尖锐、很细腻的，但没有一股怨天尤人的情绪。"下嫁"使姐姐的命运发生了巨大转折，她一度沮丧、麻木，陷入苦闷、困顿之中。但她并没有"丧失自我"。丈夫、婆家以及邻里们对她的尊重、理解，使她重新找回人生的自信。凭着顽强和自尊，她带着年幼的小叔子们奋力拼搏，终于在另一条途径上实现了人生的价值。到改革开放初期，全家承包了六十亩山坡地、二十亩果园，盖起了六间大瓦房，成为全村的生产大户。而她也成为家庭的顶梁柱。右派改正之后，父亲要把她的户口转到城里，帮她找一个舒适的工作。

姐姐坚决谢绝。这不仅由于她看到农村的广阔发展前景，不认为没有城市户口就低人一等；还由于她觉得做人应该有"良心"，她不能辜负公婆的临终嘱托，放弃对这个由她一手支撑起来的家庭所应尽的义务。这部作品和一般的"伤痕文学""反思文学"很不一样，有对生活的独到见解，有不寻常的阳刚之气。语言的生动精练，情节的丝丝入扣，心理描写的细致入微，人物描写的栩栩如生，都显示出年轻作者的巨大创作潜力。

中国社会主义文艺学会会长，中华诗词学会常务副会长　郑伯农

《姐姐》，不仅是张平小说中的姐姐，而且是古老乡土中国大地上千百年至今依然在默默奉献的姐妹们。面对贫瘠苦难的生活，何以度日，何以果腹，更何以读书，正是那些千千万万的姐妹们的付出与牺牲，才支撑起了一片片天空，才有了家，有了满含泪水的希望的明天。有多少山沟沟，有多少贫瘠的土地，就有多少这样仁慈的地母般的姐妹们。你们才是这片土地最可依赖的、最美的风景。《姐姐》是张平"苦情"风格作品的代表作，语言质朴简洁，秉承了"本色自然"的写作理念，撷取生活中最具冲突性的场景，塑造了具有普遍性又具有独特性这一意味的地母般的"中国姐姐"形象，具有感人至深的审美力量。

山东师范大学教授　张丽军

张平创作谈：

有一个将近七十岁的老农民，为了一桩二百元的冤案，前后二十年，上访一千五百多次，被收容拘留几十次。我同这个老农民聊了两天两夜，他几乎把一辈子的遭遇都说给了我。老人长年上访，身体很差，两腿肿得上下一般粗，眼睛几乎看不见了，常常头疼欲裂，彻夜难眠。聊天的过程中，时不时要吃去痛片。他的这个案子，县委书记刘郁瑞，花了很长时间很大精力才给他彻底平反解决。这些事情都是发生在"文革"刚刚结束的那几年，20世纪80年代初期。他把他所有的上访过程都记录了下来，就是小学生用的那种作业本，足足几十本，全都交给了我。

刘郁瑞当时曾特别难过地对我说，老人境界很高，解决了他的冤案，他专门拿了几个粽子步行了几十里山路来感谢自己。临别时他流着眼泪说，刘书记，我若要在二十年前遇到你，你把我的冤案解决了，我还能为国家做点贡献。可如今我老了，老伴也死了，啥也干不了了。不过我也想了，你如今把我的冤案平反了，以后我就再也不打搅你了，你是县委书记，不打搅你了，能让你腾出时间多干点别的，也算为国家做了点贡献。

　　第二年，我再去找这个老人时，没想到他已经去世了。

　　不知为什么，我听到这个消息时，突然泪流满面。说不清自己当时究竟是一种什么心情，为什么会如此悲痛。也可能是第一次接触到了一个大社会，一个更深层次的社会，第一次看到了生活中的另一面。也可能是老人的遭遇触发了自己当年生活经历的敏感点，让自己的情绪轰然爆发。回去后，我用了不到两个月的时间，就写出了《天网》这部作品。

长篇

天网(节选)

第一章

在昏暗的路灯下,刘郁瑞有些发怔,默默地瞅着眼前这一副惨状。

瑟缩在街旁的竟然是两个年近古稀的老人和一个顶多五六岁的小女孩。

汾西县是个山区,虽是三月,气温仍然很低。尤其是晚上,更是冷风嗖嗖,寒气逼人,毫无一丝春天的感觉。今晚的风又特别大,天气也格外阴沉,给人的感觉犹如雪窖冰天。寒冬腊月,人们似乎都麻木了,唯有春天的寒流才会让人觉得如此刺心彻骨、风苦雨凄。

已经快深夜十一点了，虽说是在县城的大街上，但此刻也人迹全无，唯有阵阵寒风，裹着尘沙纸屑，逼得你透不过气，睁不开眼。

然而，这两老一少却像几个泥塑一样，一动不动地坐在大街旁。

刘郁瑞使劲揉了一把眼角，有些无法相信地默默地瞅着眼前的这一切。

三个人的衣服全都破得不能再破了，身上也脏得不能再脏了，真是蓬头垢面，衣衫褴褛，面如菜色，一身灰黑。只要你看看两个老人的神色，你就会明白，没有十年八年的煎熬，一个活生生的人是不会变成这样子的。

老头儿的脸颊黑而僵硬，像是被岁月和风沙磨出了一层洗不掉的老茧和疤痂。脸上的纹路不是弯的，而是又深又直，犹如一道道裂痕。真是颈项枯瘦，形销骨立，眼窝深陷，瘦得怕人，须发皆灰，有如干蒿，一看就知是常年饥寒劳苦所致。脸上无任何表情，合着两眼，神色木然地坐在街旁路灯下，一任风扑沙打，活似一座破败古旧的泥雕！

最让人吃惊的是，老头儿腰里竟捆着一条绳子，绳子的另一端，则拴在他身旁的老婆婆身上！看样子，是怕那个老婆婆跑了或是丢了。因为任何人一眼就看得出来，那老婆婆根本就是个神经病患者。老婆婆也一样拱肩缩背，衣不遮体，骨瘦如柴，面若锅底，而且满面痴滞，毫无感觉也毫无意识，身子一晃一晃地斜睨着远处。

最凄惨的则是那个小女孩了。这么冷的天，居然赤脚穿着一双满是窟窿眼儿的破单鞋，一条破得不能再破的裤子只到了半腿，脚上、手上，连脸上也全是冻疮。此刻正冻得满脸青紫，浑身发抖，鼻涕眼泪流得哪儿都是。但你也看得出来，小女孩对这一切早已习惯了，尽管冻成那样，却也不喊不叫，不哼不哭，只是呆呆地顺从地偎在老头儿身旁，有些茫然地痴痴地瞅着每一个走到跟前的人。

老头儿身前铺着一块白布，白布上写着几溜毛笔字。由于时间久了，白布早已变得灰黑，但字迹依旧清楚：

有冤难伸，上告无门

我叫李荣才，今年六十九岁，汾西县贾家峁乡花峪村人。1959年，大队会计对我有意见，诬我贪污二百元，捆我打我吊我关我，抄我家，封我门，没收我家财产，让我戴了二十多年的"帽子"。逼得我妻得了疯病，逼得我儿得病早死，逼得我儿媳改嫁，给我撇下这一老一少，一病一孤。我告状告了二十多年，告不动人家官官相护。真是上天无路，入地无门。乞求各位父老乡亲同志朋友，给点帮点，一分二分，一口两口，救我一家活命度日，来世做牛做马相报。

破布上，扔着三三两两的分币。破布旁放着个破盒儿，里头依旧放着一些分币和毛票儿。

刘郁瑞默默地蹲在那里，看得好半天也抬不起头来。

作为一个县委书记，他简直无法相信这种事情竟会发生在他的眼皮子底下。老头坐着的地点，几乎跟县委大门面对面！

尤其是在今天，正是他亲自接待来信来访群众的日子，那张硕大的布告就在县委门口醒目招人地贴着。然而，离那张布告几十米远的地方，却又铺着这样的一块告示。真是比肩而立，昭然相对！对他，对县委，简直是一个天大的讽刺！

这是在向他示威吗？世界上似乎很少有这种示威方式。

会是几个叫花子吗？叫花子绝不会这么晚待在这么冷的大街上。那么，这是在行骗吗？并不是没有发生过这种事，利用孩子，利用病人，利用自己的残疾，利用各种欺骗方式来赚钱的人不乏其例。在大街上，在火车站，在汽车站，在广场上，人们对此早已司空见惯了。也正因为见多了，以致把人们的同情和怜悯也几乎给磨光了，刨平了，把人们的心灵也看麻木了。如果说，以前凭这种方式还可以赚到钱的话，而如今则早已无用了，不灵了。其实，你只要看看眼前就会明白，即使是在如此恶劣的天气里，在大街旁坐着这样令人心寒的三个人，也不知坐了有多久了，而破布上所扔下的钱，只怕连一顿饭钱也不够！

天气实在是太冷了，尤其是在西风猛刮的深夜里，偶尔一个两个的过往行人，也是匆匆而过，顶多瞟上一眼，然后便又急急地走了。若想再等来一分两分的钱，看样子，实在是太难太难了。

其实，只要你细看一眼，就会清楚这两老一少根本就不会是什么骗子和想赚钱的人。真正的骗子和只想赚点钱的人，学不来这模样，也做不到这份儿上。你什么也不必看，只要留意一下那脸上的颜色和那枯干皲裂的手，立刻就会清清楚楚。

那么，真会像白布上讲的那样，上天无路，入地无门么？

一阵旋风陡然卷过，尘沙飞扬，扑打得人脸上生疼。碎屑纸片满地乱转，搅得人睁不开眼。刘郁瑞急忙用手遮住脸。再松下手时，才发现眼前这两老一少依旧那样木然地坐着，不避不躲，不遮不拦，一动不动。最让人看不下去的还是那个小女孩，满脸满身都是灰沙，连耳朵眼儿鼻孔里也全是尘土，不住地哆嗦着，仍是那样呆呆地痴痴地毫无表情地默默地瞅着你。

那眼光真能把你的心给瞅碎了！

等到风小些了，刘郁瑞瞅着老头儿轻轻地问道：

"老人家，眼下中央有文件，让落实政策哩，你没去找找领导呀？"

老头儿依旧像泥塑木雕一样默默地坐着，眼睛也始终闭着，一动不动，一声不吭。直到刘郁瑞又问了一遍，好半天了，才慢慢地回了一句：

"我找了他们二十多年了。"嗓音沙沙的，像一棵百年老树在风中摇曳。

"现在跟过去不一样啦，上边有政策。"刘郁瑞尽量搜寻着老百姓能听懂的语言。

"……我刚从上边回来,跟过去一样,啥也没变。"老人的眼睛依然闭着,脸上也依然看不出任何表情。

"那你先找找村委会呀,老这么着咋行。"

"逼我害我的就是村支书,他以前是会计,这会儿是支书。以前不给我分口粮,眼下又不给我分口粮田。我的家这会儿还让他封着。人家说了,我这一家就是死在外头、烂在外头,骨头也别想再回到这村里来。"

刘郁瑞一下子愣在了那里,良久,才接着说道:"那你找找乡里呀?"

"罚我关我处置我的就是乡里。副乡长是村支书的外甥子。我连乡政府的门也进不去。过去说我不学大寨净告状,这会儿又说我是告状专业户。找着他们也没用,白找。"

刘郁瑞再次愣在了那里。好一阵子,才又说道:

"那你找找县里呀……你没听说现在的书记叫刘郁瑞,就是想为大伙办点实事哩。来了汾西的头一桩大事,就是要管管县里这么多年的冤假错案。今天他就在信访办值班接待上访群众哩,你咋没去找找他?"刘郁瑞大概是有点急了,便像自我表白似的说了这么一通。

"……找了。值班的不让我登记。"老人的嗓音依旧沙沙的,像是绝望的呻吟。

"不让登记!"刘郁瑞一震,"为啥?"

"说我来迟了,让我下一回再来。"

"胡说八道,哪有这样的规定!"刘郁瑞陡地来了气。刘郁瑞清楚,对上访者,从来也没有因为来迟了就不让登记的说法。

"我清楚,他们是不想让我去见刘书记。"老头的眼睛依然闭着,但话音却透出了一种说不出的凄然。

"那你去县委大院找呀。他眼下就住在办公室里。"

"我去了。门房师傅不让我进去。他说我一家子都是神经病。神经病不能进县委。"

刘郁瑞又一次愣在了那里,像呆了似的,久久地怔着,好半天也说不出一句话来。

刘郁瑞初来汾西,便约法三章。大会讲,小会说,三令五申,反复强调,以致连门卫、连司机也多次打了招呼,对门卫更是讲过多次。可以说,这约法三章在县委大院无人不知,无人不晓。第一,凡是到县委来找县委书记的群众,任何人不准以任何借口挡驾,包括县委办公室和信访办公室。第二，任何人都不准对上访群众故意撒谎。书记在不准说不在；书记开会出外，要如实讲清，不准说不知道啥时候结束、啥时候回来。第三，对上访群众，不管是什么人，只要是来县委大院的，都要热情接待。如书记有事，要求等候的，要给上访者安排好坐的地方，要端茶倒水。如是远道而来的上访者，则要尽力安排好食宿。

这三条看似容易，但要真正执行起来，也绝不容易。若不是刘郁瑞火冒三丈，认真追究计较过几次，只怕不会那么容易行得通。要不就是名存实亡，刮阵风也就过去了。

如今，县委大院的人对这三条好像都习以为常，渐渐地认可了。连门卫也好像习惯了。只要不是醉汉和寻衅闹事的，稍一盘问，一作登记，便立刻放行。有时候，即使是神经有点不大正常的人，还真的看不出来。

然而，偏是在今天，偏是在他一周一次值班接待上访群众的日子里，却发生了这样的事情。登记员不给登记，门卫不给放行，以致让这一老一病一少冻饿在县委门口的大街上。

凡刘郁瑞值班接待上访群众时，上访群众总是出奇地多。今天也一样，一直忙到晚上十点左右才算完。草草吃了点东西，临时有了个念头，想在街上溜达溜达。如若不是半夜只身跑出来，只怕关于这件事，自己至今还会被蒙在鼓里。

到底是怎么了？这究竟是无意的疏忽，还是有意的阻挠？

怎会那么巧，在同一时间里，两个地方都以同样的借口，把这一家人拒之门外。

见刘郁瑞不吭声了，老头却像自言自语似的说了起来：

"刘书记是个大忙人哩。像我这样的人想见见刘书记哪有那么容易。就算刘书记真是个好书记，这一县的干部也不会一下子都跟着他变好了。我这也是麻烦事，牵连的人多哩。刘书记刚来不久，脚跟没稳，犯不着为我这么个棺材瓤儿得罪大领导。我寻思了一会，这会儿不必这么忙着找他。"

老人的嗓音不高，却深深地触动了刘郁瑞。他怎么也没想到这么个瘦骨嶙峋，蓬头垢面的老头儿，居然会设身处地地去为一个县委书记着想，一时间，竟让他鼻子有些酸酸的。末了，他像是跟老头儿商量似的说道：

"老人家，可你得过日子，一家人得生活呀。老这么下去也不是个办法，至少也得有个地方住啊。天这么冷，老的不说了，也得为小的想想呀。"

"惯啦。"老头儿没有悲痛，也没有哀伤，仍是那样木然地坐着，"谁让他们跟了我。没法子，这是命。几十年啦，哪天不是这么挨冻受怕过来的。能活到现在，也算是她们的造化。"

"……那今晚上有住的地方么？"

"我后半晌才从地区赶回来。能让我一家子安安稳稳地坐在这儿也就不错了。"

"城里和附近也没个亲戚么？"

"别说没了，就是有，谁还敢同我这样的人来往。"

"可你这一家子今晚上总不能老这么坐在大街上吧。再这么下去，还不把孩子给冻坏了。"

"这点钱，别说找地方住了，连顿饭也不够。再等等吧。住倒好说，哪儿不将就一夜。只是这肚子，老不能这么饿着……"老头儿的眼皮眨了一眨，接下来便什么也不说了。

刘郁瑞沉思片刻，猛地在衣兜里掏了起来。看来身上的零钱并不多。前前后后，上上下下，身上所有的兜儿都掏光了，连毛票分币都算上，也就是个十来块钱的样子。刘郁瑞瞅了瞅，一把把钱塞在老人手里，然后说道：

"老人家，你听我说，今晚你就随便找个小卖部买点垫垫，然后找个旅店暂时住上一夜。到明天你一定回家去。别的我不敢保证，可我保证你能分到地，分到口粮，能住进家里，保证不会有人再往村外赶你。至于你的问题，随后咱们再调查解决。老人家，不瞒你说，我就是那个县委书记刘郁瑞。我刚才也是瞎吹哩，说是要为老百姓办点实事，却让你一家子冻在大街上，真是对不住你老人家了……"

"……刘书记！"老人陡地瞪大了眼，朝刘郁瑞脸上盯了一阵子，浑浊的眼里好像有个什么东西在跳，闪了一闪，紧接着又猛然闭住了，"刘书记……我刚才就听出来了，你一准是个好人。刘书记，我找了你好些日子了，没想到会在大街上等到了你……"

老人依旧像泥塑木雕一样，枯干的脸上看不到任何表情，然而，两颗浑浊的老泪，却从那深陷的眼窝里，慢慢地滚落了下来。

第二十三章

第二天，《关于开除贾家峁乡花峪村党支部书记贾仁贵党籍并撤销其一切党内职务的决议》通报，迅速发送全县各级政府。在通报上，刘郁瑞在打印前，特意要求写明，抄送临汾地委，抄送临汾行政公署，抄送临汾地委纪检委。

他绝不是想以此来激怒顾专员和地区的一些领导，而是特意要申明自己的态度。其实，他也知道，很可能在会后不久，顾专员就已经得到了消息，要激怒也早激怒了。与其看着他们那样做，倒不如自己公开了反显得更光明磊落些。

他也清楚，这件事绝不会到此告一段落，何况，李荣才一案还并没有结束。仅贾仁贵这一事给他带来的冲击和后遗症，随着时间的推移，就将会越来越大，越来越猛。他明白，有那么一些人，是绝不会轻易放过他的。这笔账迟早会要找他来算，只要他们找到借口。

不过，他也毫无办法，只能等着。

该来的，迟早是会来的。

对贾仁贵开除党籍，撤销党内一切职务的决定，当天晚上县广播站就以本县头条新闻的形式对全县播出。

紧接着，地区报、地区电台电视台也迅速予以了报道。

没多久，省报和省法制报也均在头版以重要新闻刊出。

影响越来越大，刘郁瑞收到的读者来信和来电也日渐增多。然而，刘郁瑞的心情却越来越沉重起来。

贾仁贵的问题不断地有很大的进展和突破，花峪村的老百姓也越来越感到欢欣鼓舞。新的村委会正在成立，新村长也即将开始选举，贾家峁乡党委的一名副书记也临时做了花峪村的代理支书，所有的一切似乎都在顺利地进行，而唯有李荣才的问题毫无进展，一直僵在了那里。

没有任何别的原因，就是因为没有明确的证据，没有人证，也没有任何证词。

原来还寄希望能查到那份"副本"，其实也并不是什么"副本"，而是有关李荣才"贪污"的原始单据的存底。但查到最后，还是像那个账本一样的结局，那份原始单据不知什么时候已经被人销毁了。

紧接着便传来一个消息，李荣才的老伴已久病不起，进入了病危阶段，只怕就要不久于人世了。

刘郁瑞因为难过不禁萌生了这么一个念头，一定要想办法在李荣才老伴活着的时候，把李荣才的问题给解决了！尽管李荣才老伴是个毫无知觉的疯病人！

他连着打了几次电话催问此事，到最后，干脆让司机把许克俭连夜从贾家峁拉了回来，认真地同许克俭谈了一回。

没想到的是，许克俭对此事显得既为难又没办法：

"刘书记，得有证据，哪怕有一个证据也行。这不能急，得慢慢去找，去查。"

"那这要等到啥时候去了！"刘郁瑞不禁有些焦虑，"莫非还要等到连李荣才也不在了的时候再去解决？你当初不是也说过，糊涂官司糊涂断么。如今咋又变过来了！你也清楚，这明摆着就是一起冤案么！"

"刘书记，现在可不同了。"许克俭有些执拗地坚持着自己的观点，"我当初是那么劝过你，现在我还要劝你，这会儿绝不可那样办，尤其是在眼下。因为你刚刚处理了个贾仁贵，查出了几千元的贪污，开除了他的党籍，撤销了他的职务，不只震动了汾西，而且震动了整个临汾和山西，尤其是震动了你的顶头上司：地区行署和地委。在眼下，有多少双眼睛在盯着你，巴不得立即在你身上找出一些污点来。你开除贾仁贵，靠的全是确确凿凿好多方面都认定的事实和证据。你也清楚，他那几万、十几万的亏空，为何只认定了几千元的贪污？而这几千元的贪污我们曾找过多少证据，每一笔、每一处，都找过多少地方多少人，查过多少账本，找出过多少原始单据，最后又让多少有关单位来确认！我们可以说，我们现在作出这样的处理，谁都会心服口服，没有任何人能找出任何毛病和问题。而李荣才，我们现在又该怎么办？当初有那么个想法，是当时还没有查出这么个贾仁贵。如今你再想那么办，糊涂官司糊涂断，不是明摆着给人找口实么！如果有人找来我们该怎么回答？只怕连贾仁贵找上来我们也无话可说。何况，还有个史伍德，还有个顾专员，还有那一百六十多个乡级处级干部，不都在虎视眈眈地盯着我们？而且还有前几次处理这个案子时，他们曾出具了那么多证词和证明。人家手里抓着一大把证据，而我们并没有。""他们那叫什么证据，一看就知道是伪证么。"刘郁瑞有些愤然又有些无奈地说道。

"伪证在没有被确凿的证据推翻以前，也仍是证据。这些天，你一直在讲法治，法治中最重要的一条，就是重证据，重事实。刘书记，我们只有继续找，继续查。"

"照你说的，就只有这么等下去了？"

"是的，没办法。"

刘郁瑞顿时久久地怔在那里。他原以为，只要贾仁贵的问题解决了，李荣才的冤案自然而然也就解决了，哪想到居然还是这么麻烦！贾仁贵的麻烦虽然也很大，既有来自上层的，也有来自下层的，然而等到群众觉悟了，觉醒了，问题一下子就被暴露了出来，难题也就很快迎刃而解了。因为贾仁贵的真正阻力和难点其实是在下边。真正掌握着他的罪行和问题的则是那些下层老百姓。而李荣才的问题恰恰相反，真正掌握着他命运的则是上层的那些领导和干部！贾仁贵因为有老百姓的揭发和控告，有老百姓敢于出来作证和申诉，再加上县委的支持，他只好束手就擒。李荣才呢，你必须去找那些干部，因为老百姓并不知道内情。除非那些干部，也就是当初整过李荣才的那些领导，愿意实事求是地把真相说出来，李荣才的问题才会真正解决。但如果这些干部愿意这样做，那也就等于承认自己当初错了，当初的那些处理确确实实是在整人，是以讹传讹，而要做到这一点，可就太不容易太难了。何况，这件事上还牵扯着那么多大大小小的领导！有哪个人在此时的情况下，愿意为一个不久于人世的老头去得罪这一大片，去推翻这一大片！

何况，现在又加上了这么一个贾仁贵，他已被开除党籍，恶迹累累，而且很可能即将成为一个罪犯，甚至要被判刑，要去坐牢。假如有谁承认自己当初确实错了，确实是冤枉了李荣才，不也就等于承认了自己当初同这个罪犯贾仁贵同流合污、沆瀣一气了么！只怕谁也没这胆量敢这么在自己和同伙脸上抹黑！刘郁瑞再一次陷入深深的困惑之中。

把群众真正发动起来并不容易，然而，要把这些干部真正发动起来只怕会更难！何况，还有不少位置和权力都比你高得多、大得多的干部！对他们进行"发动"，简直就有点像天方夜谭！但你也没有别的办法，只能把希望寄托在这些干部身上了。刘郁瑞不相信这一百六十多名科级处级以上干部，会没有一个人出来仗义执言，老老实实地为老头说句良心话。

他让许克俭增加一些人力分别到这些干部家中去重新做调查，去时每个人都带有对贾仁贵进行处分的复印件，对这些去走访的人一再嘱咐，第一要有耐心；第二态度要诚恳，要和蔼，要晓之以理，动之以情；第三要不怕挨训，因为这些人都是领导，好多都是比县委书记还要大得多的领导，尤其有许多是外地的领导，很可能随时都会挨训，甚至会被轰出门去。

一天，两天，一个星期，半个月过去了，派出去的人走了，回来了。然后，又接着出去，接着回来，陆陆续续，凡能查找到的，都去调查过了，最后一个一个都空手而返。

没有任何突破，也没有任何新的内容。

态度好点的：

"不都已经调查过了么。也都已经给你们写过了呀。反正就是那些内容，不需要再写么。"

"不写啦不写啦，我都写过几遍啦。要写就还是那些话，没有任何意义呀！"

"没问题没问题，肯定是有根据的么。没根据就能判他贪污？虽说我没亲眼看到过，但肯定是错不了。"

"我啥也不知道。你们要让我写东西，我也没法写。说实话，我那会儿只是个一般成员，人家让咋干就咋干。其实，我们知道啥？真贪污假贪污，我更是不清楚。"

……

态度不好的：

"你们想把我们当玩物耍是不是！既然不相信，就不要再来找了好不好！一趟又一趟的，多少回了！到底是他犯法了还是我犯法了！"

"你们汾西人真是闲扯淡！这还有完没完啦！我告诉你们，你们以后再也别来登我的门！我也绝不会再给你们写一个字！"

"给我这么个文件是啥意思么！咋啦？你们以为贾仁贵出了问题，李荣才就没问题啦！这不是笑话么？根本就是两码事么！贾仁贵就是给枪毙了，李荣才也照样是贪污犯！"

"证据？他贪污了钱，你们倒来问我找证据！凭什么！谁给的你们这权利！告诉你，就算没证据，判他个贪污犯也一样不冤枉他！"

"你们说他没贪污，你们拿证据么！凭啥要让我们出证明！真是岂有此理！"

……

"岂有此理"这个词儿能从他们嘴里说出来，这才真是岂有此理！

这些调查人回来汇报一回，就让刘郁瑞饱饱地气了一回。这些人全都是国家干部，党的干部，为何都会这么不负责任，这么不讲道理！而且都会如此口径一致，根本没有任何回旋的余地！

甚至连当时抱着同情态度，曾认为李荣才的贪污确是冤案的那些人，甚至还有因为抱此种态度曾经被处分被调走的那些人，这会儿居然都改了口径。或者态度暧昧，闪烁其词；或者装神弄鬼，苟合取容；或者忍气吞声，委曲求全。

怎么了？这到底是怎么了？是因为司空见惯，让心肠变得麻木了，还是因为苟且偷安，被人家给吓趴下了？岂不知，这样做，本身就等于是在草菅人命，落井下石！

但不管怎样，依然没有任何进展，刘郁瑞几近绝望了。他又连着两次给许克俭去了电话，如果实在不行，就按以前的办法做，糊涂官司糊涂断，先把老人的问题解决了再说。如果出了什么问题，一切由他刘郁瑞担着！

刘郁瑞豁出去了。他从来也不相信，一个人如果不被冤枉，会告状告了近三十年！以致告得家破人亡，倾家荡产！以致人都快要死了，仍然在告！如果确实没有冤屈，为了二百多块钱，能告成这个样子！只怕任何稍有良知、稍有头脑的人，都绝不会相信！

即使退一万步讲，就算老头贪污了这二百多元，同这三十年的血泪和生命的代价相比，也早该抵消了，也早该解决了！只二百多元钱的问题，如何能把一个人害成这样！

没什么可考虑的了，就这么办了！刘郁瑞觉得，只要他问心无愧，就应无所回避，无所顾忌。李荣才和他的老伴都被折磨成那样了，良心告诉他，他决不能等到两人都不在世了，再把平反书放到他们的棺材里去……

然而，事情的演变往往会这样，有时候，已经让人感到彻底绝望了，事情却会在意想不到的地方突然出现了转机。

恰如古人所讲，山重水复疑无路，柳暗花明又一村。古人讲的全是诗情画意，而摆在刘郁瑞面前的则让人椎心泣血，肝肠寸断。

就在刘郁瑞深感绝望的时刻，他突然收到了一封信。

这是一封挂号寄来的信件，信件很厚，信封上印着"急件"两个字，"县委书记刘郁瑞同志亲启"一行字分外醒目，醒目得让人感到不安和起疑！

信写得很长，字迹秀丽、工整，但却给人一种颤颤悠悠的感觉。

刘书记：

您好！工作忙吧！

本来我应该亲自去见您的，可是因为种种原因，只怕是不能了。而且我也觉得没脸去见您，也无颜面对汾西的任何一个人！我真怕见到您时，连这写信的勇气也会失去。

我在报纸上看到了有关您的报道。而且根据报纸上的介绍，我又找到了我所能找见的所有登载您的事迹的报纸杂志！这当然不是全部，也许只是一小部分了。我是从这些文章和报道中渐渐了解您的。尤其是看了最近您排除种种阻力，终于把一个蜕化变质分子贾仁贵开除党籍后，使我更进一步地了解了您，也使得我终于有了勇气提笔给您写了这封信。

我与您同姓，叫刘玉杰，连名字也有同音之处。我想我们年龄也差不多，我今年五十二岁，比您大也大不了几岁。我们的经历好像也有点相似。我也当过教员，干过秘书，后来也当过县委副书记，不同的是，您当了县委书记，而我则到了地委组织部工作，但我们同属正县级。我们所在地区并不同，您在临汾，我在运城，但我们同属晋南。

我们相同之处这么多，但唯有一点不同，那便是人格和品行。您活得堂堂正正，威风凛凛，玉洁松贞，至大至刚！而我却忍辱含羞，猥琐卑下，如蚁附膻，狗苟蝇营！我并不是有意要捧您，也不是在故意糟践自己。今天我要给您说的，都是心里话。

也许您会纳闷，我们素昧平生，并不相识，这人是不是有点发神经？刘书记（我是真心实意地这么叫您，我觉得唯有您才像个真正的共产党的县委书记），我希望您一定要耐心看下去。

我曾在汾西待过将近一年。1959年，我曾当过汾西县贾家峁乡的工作队副队长。写到这儿，您大概就会明白了，我曾经是个什么人，曾做过什么样的事。我觉得我现在也没什么可顾忌的了，所以，一切都实话实说。我首先要告诉您，李荣才一案纯粹是个冤案！李荣才根本就是被诬陷，被冤枉了的。而这个冤案的最终形成，可以说就是我一手制造的！至少也应是制造者其中之一！

这件冤案的前前后后，原原本本，我一概清楚，至今仍历历在目。

其实，原因也很简单，一句话就可以说清楚，那就是公报私仇，徇私枉法！没别的，就因为贾仁贵是支部书记，就因为我们工作队的指导员是贾仁贵的舅舅（他因患癌症已死去多年了，大概这也是报应），就因为我们这些人恃强凌弱，为虎作伥，才害得李荣才一家人不像人，鬼不像鬼！

算起来，大概是1959年三四月吧，进驻贾家峁的工作队分成了几个工作组。而我作为花峪村工作组组长，来到了花峪村，一方面进行社教活动，一方面发动群众积极生产和揭发坏人坏事。经过两天的动员，群众写了不少揭发信，其中有一条是揭发当时的大队会计贾仁贵的，说他多次发现贾仁贵在账目上有涂抹现象和有贪污行为，并要求工作组查账并公开账目。

在这么多的揭发信里头，这是一封很有分量的揭发信。作为本村的工作组组长，我是有权处理这封揭发信的，也有权按信上的去做，立刻封账，然后进行查账，并公开所有的账目。应该说，如果这样做，肯定是迎合了绝大多数社员的要求和愿望的，广大群众也早就盼望着工作组能这么做。

但我没有。而是把这封信转交到了工作队的指导员手里。而且我当时早就知道，信中被揭发的贾仁贵，就是指导员的外甥！

刘书记，从这儿您就能看出，我是多么的卑鄙无耻了。然而更为卑鄙无耻的还在后头！

信交到指导员手里，自然立刻就给压下了。如果仅是这样，事情也许就会到此为止了。但问题是李荣才并不会就此罢手。李荣才是个富于正义感，性格又颇为耿直的农民。还有，那就是这个李荣才太相信我们这个工作组了。因为他觉得工作组是共产党的工作组，所以，就必然会主持正义，为老百姓除害谋福利。于是，他就一直在催，一直在找，最后一直找到公社工作队那里。就这么着，厄运便降在了他的头上。

同年九月，大队会计贾仁贵也给我递交了一封揭发信，说是大队铁业社账目不清，铁业社会计有贪污行为，并要求工作组立即封账查账。

如果说，我那会儿要是恢复一点良知的话，把信压住，跟贾仁贵谈谈，事情也许就不会像今天这样了。因为我当时非常清楚，这分明就是在报复李荣才。

我依旧没有这样做，而是把信又交给了贾仁贵的舅舅。工作队迅速作出反应，立刻加强了花峪村工作组的力量，在一夜之间便查封了大队铁业社的所有账目，并且立刻停了李荣才的会计职务，同时安排了人全面进行查账。

整整查了有二十天。查完账了，我第一次感到有些内疚，因为在李荣才的账目上没有查出任何问题。在那些工整认真的账簿上，我看到了李荣才的正直，也看到了李荣才的品行：他确实是一个好社员、好会计。

但那时就好像已经上了贼船，欲罢不能了。只能继续同流合污，朋比为奸。想来真是犯罪，真是犯罪呀！最后我居然把账簿交给了工作队指导员，指导员又把账簿交给了贾仁贵，然后由贾仁贵在账簿上做了手脚！他也居然真的干得出来，把一些账目栏里的一字改成四字，把六字改成八字，把七字改成九字，甚至还改换了原始凭据，重填了原始凭证。这些我都清清楚楚，至今历历在目！

老实说，这些涂改的账簿，只要是稍有一些财务常识的人，都会一眼就能看得出来。但当时的工作队大都不是业务部门的干部，除了我们这些当教员的，一般都在行政部门工作。所以当时，确实蒙骗了不少人，连公社工作队队长、公社书记、公社社长，甚至连县工作队队长和县委县政府的一些干部都给蒙骗了。

李荣才呢，也就祸从天降，从此便成了贪污犯、坏分子、阶级敌人！

但李荣才并没有罢休，他也绝不会罢休，只怕放在任何人身上也不会就这样承认自己是个贪污犯。于是，李荣才便不断上访，不断上告。对贾仁贵他们来说，当然这也包括我，这实在是个令人头疼惧怕的事情，做贼心虚呀！为了根除隐患，他们便干脆把账给销毁了。他们后来说他们曾把账又交还给了李荣才，是李荣才把账毁了，这纯粹是弥天大谎，栽赃陷害，因为我就是见证人！

以后的事也就不必再说了。贾仁贵他们意满志得，弹冠相庆，逢凶化吉，洪福齐天；李荣才一家则大难临头，含垢忍辱，苦海无边，惨不忍睹……

我也得到了应有的回报。一年后，我从教育界调了出来。因贾仁贵的舅舅当时是新绛县的一位公社书记（当时临汾和运城同属晋南地区），我也就成了这个公社的办公室主任，其实，也等于是这位公社书记的秘书。我维护了他，他也提拔了我。从此后，我便仕途得意，一帆风顺，从一名穷教师，成了现在地委组织部的要员……

然而，唯有我的良心却从来也没有安稳过！我从来也没真正过过一天心安理得的日子！仕途得意，却好像整日都生活在牢笼里，我的灵魂好像每时每刻都在遭受着无情的拷问和鞭打，我从来也没有真正活得像个人。

一年前，我去太原，就在太原火车站，我居然看到了李荣才！

如果不是铺在地上那块布上写的东西，打死我也不会认出这就是当年的李荣才。当年的李荣才，曾是多么强壮、多么精明的一个农民。而当时眼前的李荣才，却蓬头垢面、骨瘦如柴、遍体鳞伤，简直已不像个人样了。还有拿绳子系在他身上的疯老伴，还有那个令人心碎、万般可怜的小女孩……

刘书记，您知道我当时怎样了，我一下子僵在了那里，眼泪流得我抬不起脸！

我一把掏出了我身上所有的零花钱，至少也有六十多块吧，塞在那个小女孩手里转身就跑。我并不仅仅是因为怕让李荣才认出了我，而是因为不愿意再看到自己亲手制造的罪恶。

我一边跑，一边仍在止不住地哭。一直等到跑进专门来接我的小汽车里，我仍在流泪。

我从来也没像那天那样，难受得无法自已。

我想，这真是鳄鱼的眼泪，你凭什么哭！你还有脸哭！还有你给的那一把钱，那是在赎罪，还是想让自己心里能好受点？可我的心能好受得了么！尤其是从那以后，那一家人的惨相，时时都会出现在我的眼前，怎么抹也抹不去。

刘书记，如果说贾仁贵不可饶恕，罪有应得的话，那我更是十恶不赦！假如当初我就处理了贾仁贵的话，贾仁贵也许不会在那条罪恶的路上越走越远，不会再让那么多的老百姓遭难受害，更不会把李荣才一家害成这样！您说说，这一件事上，让我手上沾上了多少罪恶和鲜血！

我想，我也应该受到报应。但任何报应也减轻不了我的罪恶，也减轻不了我内心的痛苦和悔恨。

这一辈子我真是白活了，我也从没有活得像个人！真是瞒心昧己、欺天诳地，您想想，我怎么会有好报！

这些天，我一直在想您，也真想见见您，真想看看您长的是个什么样。刘书记，像您那样活在世上，才真算是活过了。仰不愧天，俯不怍民，襟怀坦荡，守握瑾瑜。假如我要能像您那样，即使是活上一天，也可死而无憾了！

也许您已经看到了，我写了这么多，始终没提到共产党员这几个字。因为我觉得我根本不配！虽然我名义上是个共产党员，是个共产党的干部。其实，就连我自己也没承认过自己是。唯有您，您才般配！您才是一个真正的党员，一个真正的县委书记，一个真正的人！

我想，这辈子也许不会见到您了。不过，我对此也并不后悔，因为至少我还给您写了这么多话，假如您真能看到这些，我的心也会稍稍轻松些，我的灵魂也会稍稍安稳些。也算是一个不配做党员的党员所提供给您的一份教训吧。

与此信同时寄出的还有我的两份证明，也许会对您有用。这大概是我对这个社会所能做的最后一点贡献了。

　　此致
敬礼！

　　　　　　　　　　　　　　　　　　　　刘玉杰
　　　　　　　　　　　　　　　　　　　　4月6日

果然还附有两份证明书，其实，也就是两份关于李荣才和贾仁贵的完整的证词。

第一份是关于李荣才的。

证明书

我叫刘玉杰，现在运城地委组织部工作。

1959年，我是晋南地区汾西县贾家峁公社工作队副队长，进驻贾家峁公社花峪大队工作组组长。在此期间，大队铁业社会计李荣才曾揭发过大队会计贾仁贵有贪污嫌疑。而后贾仁贵也写信揭发李荣才有贪污问题。同年九月，我们对大队铁业社的会计工作进行了封存和全面调查。

经过近一个月的查账和调查落实，没有查出李荣才任何经济问题和其他问题。李荣才财会工作严肃认真，账面清楚、工整，各种手续、凭据一应俱全，完全符合当时颁布的财务工作条例，可以这么说，不仅没有任何问题，也没有任何误差。

因为这项工作是在我的一手安排下进行的，所以对封账查账，手续的移交，以及最后的查账结果，我一概清清楚楚。而且我是第一位也是现在唯一的一位见证人（原工作队指导员已于1968年因病去世）。为此，特予以证明。

此证明我将提交运城地区公证处予以公证。因此，它也具有法律效用。

证明人：运城地委组织部　刘玉杰
1984年4月9日

（此证明信上附有手章、手印及地区公证处印章）

另一份证明信是关于贾仁贵的。

证明书

1959年9月至12月，在我任汾西县贾家峁公社工作队副队长及贾家峁公社花峪大队工作组组长期间，曾由我经手，对花峪大队铁业社的财会工作进行了清查和封存。

在查账期间，花峪大队铁业社所有的账簿均由工作组直接保管。查账完结后，所有账簿也均由工作组封存。在此期间，铁业社会计李荣才从未接触过这些账簿。随后因李荣才被撤销铁业社会计职务，工作组便将其所有账目，由公社工作队决定，直接移交给花峪大队会计处，由花峪大队会计贾仁贵一手保管。后因花峪大队铁业社解散，这些账目在工作组的监督下，一并封存于大队会计处。当时决定不经大队和公社及工作队批准，任何人都不准擅自开封。

因此，关于这些账目中有一些账目账簿丢失和被销毁的问题，跟李荣才无任何干系，直接责任应由大队会计贾仁贵担负。

据我所知，贾仁贵曾在那些被丢失和被销毁的账簿上进行过涂改和抽换。其中有一部分是我亲眼所见，知道这件事的除了已经去世的原工作队指导员外，还有当时工作组的张志强和吴春保。特此证明。

此证明我将提交运城地区公证处予以公证，因此，它同样具有法律效用。

证明人：运城地委组织部 刘玉杰
1984 年 4 月 10 日

（此证明书上有手章、手印及地区公证处印章）
刘郁瑞把这封信和这两份证明拿在手里翻了一遍又一

遍，就好像无法相信这会是真的似的。这实在有些太突然，太意想不到了。简直就是一出恶作剧，就像一个有点神经不正常的家伙在故意开你的玩笑。直到他仔仔细细地看过那些手章、手印及公证，一遍又一遍审视着这些书信的内容时，他终于渐渐有些相信了，这些东西应该是真的。

这就是说，只凭这两份证明，即使只是其中的任意一份，李荣才的冤案就可以全部彻底地翻过来了。这两份证明足可以完全推翻那几十万字的各种所谓的调查和证明！因为这个刘玉杰是第一个，也是最直接地参与了这起冤案的负责人。有如一座高得吓人的摩天大厦，它的底座有一天突然间不存在了，这座虚幻中的大厦也就随之瓦解了。因为这些年来，他们那些所有参与了这件事的人，所有的依据都是在此基础上产生的，基础不存在了，所有这些人的依据点也就全然没有了。

事情的最后解决没想到会这么简单，会这么彻底。真可谓踏破铁鞋无觅处，得来全不费工夫！

然而，刘郁瑞的心情并没有因此感到丝毫的轻松，而且越琢磨心情也越发沉重了起来。

他并不是在怀疑这封信的真实性，而是对这个写信的叫刘玉杰的人感到惶惑和忧虑。

他隐隐约约地觉得，这个人说不定是出了什么事了。

几乎是在一瞬间他便作出了这么个决定：他一定要尽快见见这个人!

第二十四章

第二天正好是个星期天。打了两次电话都未能联系上，最后还是决定驱车前往运城。

为保险起见，刘郁瑞还叫上了法院和检察院的两位同志一同前往。如果情况属实，这两位同志本身也可以做见证人。汾西距运城也并不远，四个小时多点便赶到了。

几个人草草在街上吃了点饭，然后驱车去地委，很快便打听到了刘玉杰的住址，并且知道了刘玉杰是地委组织部的副部长，提供消息的是一个门卫，他并没听说刘玉杰最近出过什么事。

然而，等找到他的家时，才知道确实是出事了。刘玉杰经医院检查，已经确诊为晚期肝癌，住院已快有二十天了。

晚期肝癌？这么说，刘玉杰已危在旦夕了。晚期肝癌的存活期，最多也只有几个月！

一听到这消息，刘郁瑞立刻就明白了，难怪刘玉杰会在此时给他写了这么一封信，难怪他在信中会有这样的口气！

刘郁瑞突然感到一阵说不出的悲伤和心酸。赶往医院途中，他停下车，在商店里买了几瓶高级营养品和一束白色的玉兰花。花虽是假的，但至少也有一些象征意义。

他本来就猜测刘玉杰的病情会很严重，然而，真正见到本人时，他还是大大地吃了一惊。

眼前的刘玉杰已面如死灰，形容枯槁，连头发也大都脱落，简直已不成个人样了，而且已时不时地处于一种肝昏迷状态。发作时，全身摇动，狂呼乱叫，好几个人都压不住。待清醒后，又剧痛不止，如肝肠寸断，痛苦万分，以致浑身战栗，大汗淋漓。即使是注射了杜冷丁，也仅能维持片刻。他的整个嘴唇都因为疼痛难忍而被咬烂了……

站在病床前头，瞅着刘玉杰那痛苦万分的挣扎，心里不禁感到了一阵阵强烈的震颤。

刘郁瑞是在16日收到信的，而刘玉杰的信和证明分别写于6日、9日和10日。这就是说，刘玉杰的信和证明全是在病床上写出来的！全是在疾病的极端折磨下一个字一个字写下来的!

他实在想象不出他在写这些东西时,付出了多大的痛苦和气力。

难怪他的字能写成那样!

然而,在他的信中却丝毫没有流露出自己肉体上经受到的折磨和痛苦。可以想见,他心灵深处所经受的痛苦和折磨要更甚于此!

他对他感到极端难过,同时也感到了一种深深的敬意和钦佩之情。一个人在如此的状况下,还能对自己的过去时时进行痛苦的反省和忏悔,并能付之于行动,这决不容易!也绝不是一般人能做得到的事情!

也不知过了多久,刘玉杰终于有些清醒了。

当有人俯下身来告诉他,说汾西县的县委书记来看望他时,他的眼睛陡地睁大了。

"……刘书记?你,你是刘郁瑞?你就是……"他的声音居然还很清晰,但一缕细细的血迹从他嘴角慢慢延伸了下来。刘郁瑞见状急忙俯过身去,轻轻地、努力地带着笑意地说:

"刘部长,我是刘郁瑞。你写的信收到了,我特意来看看你。"

"……刘、刘书记,是不是还有什么没讲清楚的地方?"刘玉杰有些焦急地问道,"要是还有啥……需要讲的,就,就快些告诉我。我还来得及……"

"……"刘郁瑞突然感到一阵说不出的激动,差点没掉下眼泪来,"不,啥也没有,就是来看看你。刘部长,我真的很想看到你。"

"刘书记,我,我只想问你一句,那,那个李荣才,是不是已经……不在世了?"此时此刻的刘玉杰,好像仍然对这件事念念不忘。

"没有,他还在,他的老伴也还活着。刘部长,你好好养病吧。我已经安置了他们。"

"噢,那就好,那就好了。李荣才总算看到了……我也,多少能心安些了……"刘玉杰好像是在默默地忍受着剧烈的疼痛,整个脸上都密密地渗出了一层细细的汗珠,脖子上、太阳穴上的青筋不住地跳过来跳过去。

刘郁瑞的眼圈止不住地又有些红了。他没想到眼前这个如此备受折磨的人,却似乎已不再关心自己,而是仍在时时惦念着别人。人之将死,其言也善。这倒不是因为人性在此时会有什么变化,而是因为恰在此时人性才会更饱满地流露出来。

"刘部长,谢谢你!"刘郁瑞再次俯下身来,分外诚恳地说道,"我替李荣才一家,也代表汾西县委和整个汾西的老百姓,向你表示感谢,谢谢你……"

"不……刘书记。"两颗浑浊的眼泪从刘玉杰那深陷的眼眶里慢慢滚了出来:"我有罪……有罪呀。不论做什么,也,也都晚啦,也都减轻不了……我的罪过……"

像是一阵突然而至的剧痛袭来,刘玉杰止不住地"啊"了两声,然后使劲咬着早已破裂的嘴唇,痛苦万分地呻吟起来。刚刚擦过的嘴角,又涌出了一道血痕。也不知过了多久,刘玉杰好像终于忍住了痛楚,显得极度虚弱、极度疲累地指着身旁小柜上的一个抽屉,对刘郁瑞气喘吁吁地说道:

"刘,刘书记……你……你把……那……里头……东西……拿,拿出来,那……也是我……早就写……写好了的……他们不让我……这会儿寄给你……正……正好你来了……你,你拉呀,拉开……"

刘郁瑞赶忙拉开抽屉,只见里头是一个大文件袋,文件袋里放着好几封信。有寄运城地委的,有寄临汾地委的,有寄汾西县委的，还有寄李荣才本人家中的，其中仍有一封是寄给自己的。打开一看，原来都是那两份证明的复印件。给自己的那封信里，除了这两份证明的复印件外，还有那封复印了的长信。

"……刘书记，我是怕……怕你万一……收……收不到，就复印了一份。另外，给地委、县委的信里，我，我还写了份悔过书……我要向组织……向所有的人……都承认，我，我……是个罪人……"

这时刘郁瑞才注意到，在给地委和县委的那些信封里，除了那两份证明的复印件外，果然还有一份悔过书。

悔过书写得很长。在长达十数页的文字里，他如实而又全面地叙述了自己的罪过，原原本本地把李荣才如何被冤枉被陷害，贾仁贵如何阴险奸猾如何行使报复，以及自己和贾仁贵的舅舅如何朋比为奸，如何助纣为虐的全过程尽数写了下来。他认为自己犯了如此不可原谅的罪行，而且又一直隐瞒了这么多年，既坑了国家，又害了个人，这更是罪上加罪。在临死之际，他希望各级组织能对他的问题彻底公开，让所有的党员和干部都能从中吸取教训。

刘郁瑞的眼睛再次湿润了。他没想到刘玉杰会做得这么彻底，对自己会这么无情。他其至突然感到，他应该原谅他，能这样做，仍然不失为一个真正的共产党员……

此时的刘玉杰越来越显得痛苦，越来越显得支撑不住了。他努力地示意着让刘郁瑞把属于刘郁瑞自己和汾西县委的那两封信带走，同时表示他会尽快地把其余的信寄送出去。最后，他像是在拼命挣扎似的说：

"……刘，刘书记，来，来世再……再见啦……等下辈子……再，再像你那样……好好活！……好好做……人……"

说到这儿，刘玉杰突然一阵大抖，顿时又陷入了昏迷状态，浑身搐动着，两手乱抓乱晃，几个服侍的人赶忙扑上去压的压，摁的摁。紧接着，两名护士端着针盘也急匆匆地走了进来。

刘郁瑞知道自己该走了。他把那束白色的玉兰花悄悄地放在了病床旁的桌子上，转过身来又默默地瞅了刘玉杰一眼，然后深深地鞠了一躬。

走出门来，让凉风一吹，刘郁瑞才感到脸上湿漉漉的。他知道，那是为刘玉杰流下的眼泪。

回去的路上，一车人都默然无语。

刘玉杰的惨状，一直在刘郁瑞眼前晃来晃去。从刘玉杰的身上，他想了好多好多。

这真是一个人生的悲剧。一个人活在世上，即使犯了十恶不赦的滔天罪恶，但有时也往往会隐藏过去，会逃避掉法律和人间的制裁。但唯有良心和人性的制裁不会那样轻易地给逃避掉。它会折磨你一辈子，让你痛苦一辈子！即使是失去良知和人性的人，他也会在恐惧和惊怕中，提心吊胆地生活一辈子，有如一座无形的牢狱，它比有形的牢狱也许更残酷、更让人痛苦！

在生活中，又有多少像刘玉杰这样的人呢？也许会很多很多，他们仍在有如牢狱的深渊中苦苦挣扎，永无出头之日……

刘玉杰在死前还做了这么多，使自己的灵魂终于得到了一些安慰，使他的痛苦或多或少地得到了一些减轻。而那些心中备受谴责和痛苦，却至死也不肯说出，把这一切连同自己的肉体一同埋进棺材的人，他们的灵魂又将如何呢？只怕这谁也无法知道、谁也说不清了……

还有，刘玉杰是因为得了绝症，是因为他知道自己即将离开人世，这才说出了这一切，这才使得李荣才的冤案得到澄清。

假如，刘郁瑞实在不想再用"假如"这两个字去联想，但他翻来覆去怎么也止不住地要去这么想。假如，刘玉杰要是没患绝症，仍然身体健康，仍然身居要职，仍然有权有势地活在世上，那么，他还会不会说出这一切，还会不会作出这一番忏悔，向所有的人承认自己的罪过？他不想去想，也不愿意再这么去想。这真是个说不清的世界！

然而，既然刘玉杰这么做了，不管怎样，人们也应该理解和感谢他。他总算不失为一个好同志，不失为一个没有丧失良知的真正的人！历史只能这么去写，也应该这么去写。

名家点评

　　张平在 20 世纪 80 年代就在现实主义的道路上走得很远，而且走出了自己平时坚韧的风格。整个 80 年代期间，当代文学为艺术变革所困扰，90 年代则为现实变革所激动。这两方面都使回到乡土中国真实处境中的张平反倒有些许的疏离。面对中国的现实情景，张平不再试图在文学修辞方面花费心思，他要直奔主题。他要写出中国当下最尖锐的矛盾，他怀抱着理想主义，还要找出解放的途径。《天网》《法撼汾西》表明了张平写作的转折。他转向直接现实主义，直面当下农村贫困农民没有法律保障的冤屈。小说以县委书记刘郁瑞为贯穿线索，几乎采取白描手法，毫无保留地描写农民生活的凄惨，而且他们不能得到基层司法体系的保护，甚至是其受害人。这两部作品几乎是为中国农民喊冤的作品。作者强烈呼吁我们也要睁开眼睛看看这幅图景。这不是作为城市心理补偿的乡村美丽风光的图景，不再是浪漫主义笔下寻求人类自我超越的田园诗意的景象。这是中国现实的农村，是乡土中国最真实最醒目的图景。很长时间以来，人们对乡土中国书写总是被打上意识形态的色彩，或是打上想象的诗意，张平却是如此彻底不留余地，写出当下中国乡村最尖锐的矛盾。谁来保护乡村的弱势群体？他们的生活境况到底如何？他们的希望何在？张平把刘郁瑞理想化了，这是他的希望，是别无选择的希望，这个希望同时也是恳求、申诉和祈祷。

北京大学中文系主任、教授　陈晓明

张平是一位有着强烈的社会责任感的作家。他认为，作家最重要的品质，就是要直面现实，反映现实，抒写人民最关心的事。"宁可让生活左右你，也绝不要去随意编造""对那些丑陋的东西我将揭露得更彻底，更无情"。用手中的笔，为人民代言。因而，他的创作无一不是为关注现实生活，关注我们社会主义祖国的发展与进步而作的。在《天网》中，他塑造了党的好干部，一身正气，大义凛然，敢于冒着个人政治生命的风险，为蒙冤受难几十年的李荣才平反昭雪的县委书记刘郁瑞的生动形象。他认为，这样的问题，不仅仅是李荣才个人的问题，而是关系到我们的党，我们的国家能不能主持正义，能不能得到广大人民群众支持拥护的大问题，因而也是党和国家生死存亡的重要问题。张平塑造的李荣才，从青年时代开始告状，一直告了三十多年。这不是因为李荣才有告状癖，而是在李荣才身上表现了普通群众对党的执着不改的信念，表现了正义的力量坚韧不屈、誓死以求的精神。正是由于张平的作品表达出了我们社会得以进步的根本原因，让人民群众从作品中看到了光明，看到了希望，看到了我们的社会主义祖国不断战胜各种邪恶势力终于走向胜利的力量，才得到了广大读者发自内心的热爱。

山西省作家协会主席、书记　杜学文

张平创作谈：

我写《抉择》，最初的指导思想是不希望改革出现问题。1995—1996年那会儿，整个社会对改革的那种怀疑、误解，实际上是由腐败造成的。这个后果动摇的是改革的基石，动摇的是老百姓参与改革的激情，这是非常可怕的。腐败的蔓延，造成对于弱势群体的那种误导——似乎是改革带来腐败。这种思潮随时可能杀过来，或者用极"左"的形式表现，会对社会产生巨大的破坏。我们的国家只能沿着健康的道路改革下去，这才是中国的唯一出路。必须改革，这个改革又必须是积极地、健康地、稳步地继续下去的，而且，这种改革必须由我们党的健康力量——真正的改革力量，而不是那种借着改革的名义、大捞一把的人去领导的。我要表现这种观点，这是我不可推卸的责任。试想，如果老百姓对改革的热情转化为对改革的怀疑、误解，甚至成为改革的障碍，那么，将来发生的任何社会巨变或动荡，都是我们这些知识分子最不愿意看到的。所以，我们拥护改革，支持改革。

另外，这些年来，基层的老百姓付出的代价太大了。对于那些贪官污吏的盘剥与掠夺，我们的工人和农民已见怪不怪了。老百姓之所以还有承受能力，是因为他们还是希望这个社会能一天天好起来，贪官一天天少起来。然而，我们的工人下了岗，媒体和一些理论家还指责这些人，说他们没有自立呀，说他们应该自强呀，应该转换观念要他们不要抱着铁饭碗不放呀，要他们赶紧学习新知识呀……但实际上不是这样。社会对他们的指责太多，对他们的关注太少。我经常下去采访，私营企业里那种恶劣的劳动环境，简直让人触目惊心。我的一个外甥女在纺织厂干活（这就是我在《抉择》里写了夏玉莲这个角色的原因），每天下班出厂门时，带着满身的毛使我几乎认不出她，更谈不上安全设施或卫生设施了——那种噪声之大，简直让你想象不到！然而，工人们就在那里面干活儿，没有星期天，每天工作十四个小时，一天挣上一点儿钱。我们是社会主义国家，曾给工人争取了这么多福利，如今，再让工人下到这样的环境里去，你说他如何去适应？

　　选择这样的题材，并不是出于对这种题材的偏爱，而是生活本身就充满了这样的题材。一个作家，一旦面对现实，一旦要艺术地再现生活，同时不回避生活中的深刻矛盾，并且固守一个作家的良知，那他的作品就必然会介入这方面的内容，比如法制问题、腐败问题……都是现实生活中存在的问题，也是大家最为关心的焦点问题、难点问题。

长篇

抉择（节选）

二十五

　　李高成第一个去的是老厂长原明亮家。

　　他的本意并不是想看看这个老厂长家里有多穷，经济有多困难，而只是想听听老厂长的意见，问问他这一次慰问救济活动究竟应该怎么搞。

　　然而当他一走进老厂长的家里时，还是被老厂长家的贫困给震撼了。

　　他做梦也没想到这个曾是上万工人的中阳纺织厂老厂长的家里会穷成这个样子。

已经做了祖父和外祖父的原明亮，和他最小的儿子住在一起。加上儿媳和老伴，一家五口人挤在一套不足五十平米的单元房里。说是两室一厅，其实那个厅只有六平米左右，而这六平米左右的厅竟然就是他家的会客室！两个十多平米的房间，一个小点的做了自己和老伴的卧室，一个大点的做了儿子媳妇的卧室，还有一个四平米左右的储藏室，则做了他十三岁孙女的卧室。

其实老厂长的家里还多着两口人，那就是老厂长的一个外孙一个外孙女也住在家里，白天在这儿吃饭，晚上在这儿睡觉，只有在星期天的时候，女儿才把孩子接回家里去。这就是说，老两口的卧室里，晚上要住进去四口人。这也就是说，老厂长虽然七十岁的人了，每天还得照看孩子，还得照看这个家，还得买米买面、洗衣做饭，还得做那些永远也做不完的家务活。

如果公司里的情况仍然像以前那样好，如果公司里的工人们每月都能领到一份工资，如果孩子们都能分到属于自己的住房，老厂长的家里还会这么拥挤，还会这么操劳吗？

还有，如果老厂长家里现在存放着三十万元人民币的现钞，老两口还会这样享受不到本应该拥有的正常而祥和的晚年吗?

想到这里,李高成不禁愣了一愣,他没料到自己竟会有这样荒唐的想法,不知不觉地就联想到了那三十万人民币上……

自己这到底是怎么了?

李高成一行八九个人,只站着就已经把客厅里挤满了,有几个人只好站到老厂长的卧室里。

一台只有八个频道键钮的18英寸国产彩电,一个只有一道门的老式冰箱,客厅里能坐的也就是几张折叠椅和几个没有靠背的吃饭用的圆凳子,连沙发也没有,其实根本就放不下沙发。除此以外,就再也看不到什么像样的家具和摆设了。儿媳的卧室里李高成没有进去看,原明亮的卧室里除了一口陈旧的大木箱子和一张60年代时兴的带腿的铁架子床外,就什么都没有了。没有床罩,没有地毯,没有壁灯,没有床柜,没有那种拖地的窗帘,更没有什么时兴的衣柜、壁柜一类的东西。

一家人除了儿媳在别的单位上班外,所有的亲属都在中纺工作。大儿子、二儿子、小儿子、大女儿、二女儿,还有他的外甥他的侄子，到底有多少人，也许连他自己也难算得清。

李高成默默地瞅着这个家，心里突然感到一阵说不出的惭愧和内疚。

那一年他说服老厂长退下来时，再三问他有什么要求和需要办的事情，老厂长则一再说什么也不需要什么要求也没有。他当时曾想过老厂长的住房确实窄了些，无论如何也要想办法把老厂长的房子再调得大一些。然而不知是因为事过境迁，还是因为自己的事情太忙，或者是因为紧接着自己就被提拔到了市里，抑或是因为自己真的把这件事给淡忘了，于是就这么几十年一贯制，老厂长直到今天还住着这套不足五十平米的房子。

自己的这一淡忘和疏忽，正好给那些极端自私自利、专门为自己谋福利的领导干部提供了最好的明证：有权不用，过期作废。

难怪妻子开口闭口地老说自己傻，不照顾自己的家，不安排自己的人，不考虑自己下台后的日子，将来你会有什么好下场！

也难怪有人说，现在的领导干部要是不贪不捞，只凭那一点工资，有几个能活得了？想廉洁、想当清官、想让老百姓拥护的领导干部，又有几个能有好下场？真是想捞就能捞，要捞赶紧捞，不捞白不捞，捞了也白捞。反正不捞的没人说你好，捞了的也没人说你坏。有朝一日下了台，办事没人，干事没钱，出门没车，有家没房，照样没有一个人会同情你，自作自受！活该！当初你有权有势、满面风光的时候你干什么去了？造成这种社会风气的原因里头，是不是也有你的一份功劳？

老厂长原明亮大概根本没想到会有这么多的领导干部能走到他家里来，而且还是市长带队。

儿媳上班去了。儿子在市里的一家装卸公司当临时工，一大早也出去了。家里就剩了老两口和两个小孩。幸亏有这么两个孩子，才让老厂长不显得那么尴尬和手忙脚乱。

老厂长先忙着让客人们坐下，其实根本就没什么坐的地方。除了李高成和郭副市长，还有那两个一点儿也不认生的孩子大摇大摆地坐在四个折叠椅子上外，这六平米大的客厅就已经没有什么空间了。一张圆桌看来既是饭桌又是茶几又是写字台，因为上面分明地放着一瓶墨水和一个破旧的笔记本，还有一个不知有多少年头的烟灰缸。老厂长在厨房里的一个壁柜里摸索了好一阵子，才摸出一个茶叶筒和多半盒"红河"牌烟来。这多半盒烟也不知保存多久了，烟卷拿在手上，硬邦邦的就像一根木头棍。茶叶筒好半天也打不开，待打开一看全是茶末子。两个暖壶，有一个是空的，杯子没倒满，就已经没水了。没有煤气，赶紧又捅开大概是为了省煤已经封死了的炉子。大概就是因为有这个炉子吧，屋子里并不觉得怎么冷。等到这一切折腾完了，再等到老伴把两个孩子哄到了儿媳的卧室里，家里总算才安静了一些。

两个老厂长面对面地坐着，好久说不出一句话来。

说什么呢，同是这个厂的厂长，但地位、身份、职务、级别以及所有的一切都已经完全不可同日而语了。尤其是现在，一个是救济者，一个是被救济者；一个是高了几级的在职领导，一个是被贫穷困扰的基层离退干部。

看看自己的家，想想自己的处境，这种巨大的差别究竟是怎样带来的？又是谁给带来的？莫非自己对国家对社会对老百姓的贡献会比眼前这个饱经风霜、辛劳苦重了一辈子的老厂长更多、更大、更荣耀、更辉煌？眼前的这个老厂长为了这个国家无私无悔、任劳任怨地干了几十年，而如今却依然清贫如洗、一无所有……面对着这样的一个老厂长,任何一个有良知的干部不都应该感到羞惭、感到愧疚?

"老原呀,真没想到这么多年了,你还住着这套房子。"李高成用一种满含歉意的口气说道,"真是对不起了,我当初曾经答应过解决的,真的是答应过的……"

"李市长,快别这么说了,你今天能来我这儿,我就很满足很满足了。"原明亮的眼睛好像有些湿润了,但很快就恢复了常态,"其实我有这样的房子住,也同样很满足很满足了。李市长,其实我心里是很惭愧的呀!每逢我看到还有那么多的工人们没有住的地方,我这心里就像刀子在剜一样。真是早知今日何必当初。当初我在位的时候,我要是狠狠心拿出一笔钱来给工人们多盖上几栋宿舍楼,也不至于让干了一辈子的工人们没有房子住呀!李市长,就算你给我解决上一套好房子,我忍心住吗,我有脸住吗!有那么多的工人至今仍然住在什么设备也没有的小平房里,还有许许多多的工人,在这儿干了这么多年了,仍然住在租来的农民的房子里。因为没有房子,至今打光棍结不了婚的工人到底有多少,谁也说不清,谁也说不清呀……"

老厂长说到这儿,眼里终于止不住地涌出泪珠来,但紧接着便被他那粗糙而又布满青筋的大手抹去了。

"老原，我们这次来，主要还不是要解决职工住房的问题……"李高成一时间竟不知道自己究竟该给这位老厂长说什么。他本来是征求老厂长的意见，看这次救济扶贫活动应该怎样搞，但却没想到这么大的一个企业的老厂长竟然会贫困到这种地步。想了想，李高成接着说道，"这次我们来，主要是要解决一批特困户的生活问题。比如像买不起米、买不起面、买不起菜、过不了年的那些职工家庭。老原，你在厂里是最了解情况的，像我刚才说的这样的工人在咱们公司到底会有多少？"

"李市长，到这会儿了，我只想问你一句，这是市领导的主意，还是公司领导的主意？"原明亮显得很郑重地问道。

"怎么，这有什么不同吗？"李高成有些不解地说。

"李市长，这种所谓的救济慰问的事，公司里的领导们策划搞过好多次了，但每一次都没能搞成。"

"……哦！"李高成不禁一惊，这是他根本没有料到的事情，公司里居然已经策划搞过了好多次，"……都没能搞成？为什么？"

"因为工人们反对,所有的人都反对。就连那些最困难的家庭,也拒绝他们的救济!工人们觉得这根本就不是救济,是拿他们的残羹剩饭来羞辱工人!这些人榨取了我们几辈工人的血汗,养肥了他们自己,而如今,他们倒一个个像救世主似的,用我们工人的血汗来救济我们,他们连过去的资本家都不如!资本家还知道是工人养活了自己,还有一种羞耻感,而他们没有!他们在工人面前,好像从来就是主人,从来都是领导者、指挥者。工人的任何所得,好像都是他们的恩赐,都是他们的施舍。如果我们工人是靠什么人来养活的,那他们又是靠谁来养活的!我根本不相信他们连这样的一个道理也不懂,我当时就面对面地说过他们,我说工人们在你们眼里是不是都是傻子!究竟是工人养活了你们,还是你们养活了工人!究竟是工人救济了你们,还是你们救济了工人?你们这一个一个的领导身份,一个一个的领导位置,不都是因为当初由于工人们的勤奋和努力而爬上去的吗?等到你们什么也有了,该捞的全都捞到了,当你们把这样的一个公司毫无人性、毫不心疼活活地给糟蹋了时,你们竟还有脸来救济工人!你们不也是厂里的一员吗?但你们吃的甚、穿的甚、住的甚!你们的子女又吃的甚、穿的甚、住的甚！你们还是人么，还像个人么……"

原明亮的话强烈地震撼了李高成，也同样震撼了在场的每一个人。原明亮的这一番话，就像鞭子一样一下一下地抽打在李高成的心上。原明亮的话，说的不正是自己吗？说的不正是在场的每一个人吗？

正是他们终日辛劳、没齿无怨地养活了自己，而自己却反过来沽名钓誉、假仁假义要救济他们！

也不知过了多久，李高成轻轻地又很真诚地说道："老原，不瞒你说，这些情况我们确实不知道，所以你的心情我们也能够理解。至于这一次来公司里慰问救济贫困户，完全是市委市政府的意思，这跟公司里没有任何关系。而眼下，不管工人们有多少意见和牢骚，有多少不满和怨恨，这都只能一步一步地来，市委市政府派出的审计调查工作组不是已经进驻公司了吗？但问题是问题，生活是生活，工人们有困难，国家怎么能看着不管？前几天，公司里的十几个劳模，还专门找到了我家，他们说一定要让我再到工人们中间走一走，听听工人们都在想什么，都在说什么，看看工人们生活得有多艰难。他们说了，工人们真的太困难了，特别是那些一家三代都在中纺的工人，一年多没发工资，连面都快买不起了，不管得了什么病就只吃止疼片。老原，我相信他们说的都是实话，其实我们一到了你这家里，就全都明白了，像你这样的一个厂长家里都贫困成这样，那些真正的贫困户就更是可想而知了。我真的没想到，真的没想到，老原，真是对不起了，我们来得实在有点太晚了，这并不只是我个人的意思，也是市委市政府的意思。你说得没错，确确实实是工人们养育了这个国家，养育了这个政府，也正是因为这个，如今工人们的生活到了这种地步，国家和政府能看着不管吗……"

李高成突然感到说不下去了，他发现老厂长眼里的泪水哗哗地往出直涌，两只粗糙的大手在那同样粗糙的脸上一遍一遍地抹来抹去。

"我说过那些劳模的，不让他们去，不让他们去的，可他们还是去了……"原明亮一边擦着眼泪，一边有些哽咽地说道。

"老原，你是老厂长，我知道，大伙这会儿都还听你的。为了这个公司，为了咱们的国家，就算你不为自己着想，也得为工人们想想呀。要是一个企业，人心全散了，一点儿凝聚力也没了，就算这个企业垮不了，还能千方百计地保存下来，那要这样的企业还有什么用？我想只要我们这一代人还在，就既不能让企业垮了，更不能让人心垮了。企业垮了我们还可以重建，人心要是垮了再要重建还会有那么容易吗？老原，咱们的经历其实都一样，从一参加工作起，就整天喊着要依靠工人阶级，要永远依靠工人阶级，可如今在咱们手里，尤其是在眼下这个节骨眼上，咱们就忍心这么眼看着工人阶级离我们越来越远吗？咱们都是共产党员，要是共产党没了依靠的对象，那还怎么存在？我们又凭什么而存在？我们这么多年的血汗和努力不就全都付诸东流了吗？到了那时候，我们怎么面对自己，怎么面对国家，又怎么面对老百姓？再说，你我不都还是工人阶级中的一员吗？我们自己的事我们不管，那又让谁来管？"李高成说得至真至诚，又无所隐伏。

"李市长，其实这样的事情我们都做过，也早做过了。是工人们不要救济，工人们不要呀……"原明亮使劲地把脸上的泪水擦干，然后站起来说，"既然你们把话说到了这份上，那我就带着你们到那些贫困户家里走一走吧。"

"老原，这是刚才他们提供的一份贫困户名单……"李高成想让原明亮看看名单，然后再征求一下他的意见，没想到原明亮连话也没听完，便打断了李高成的话：

"那份名单我知道，没有几个是真的。要说贫困，也确实很贫困，但并不是最贫困的。上了这份名单的，都是胆子最小，什么话也不敢说，或者是家里仍有人在厂里能领到一点儿工资的家庭。他们只会给你们说假话，绝不敢给你们说真话。如果你们愿意去这些人家里看一看，我也一样会带你们去。"

二十六

一间只有二十平米多点的又矮又黑的平房，被隔成了三个小格子，在这三个格子里，竟然住着一家三代十一口人。

而这家人在这样的房子里已经整整住了将近三十年！

做饭的地方几乎就在街面上！因为这个所谓的"厨房"，撑死了可能也就是一平米多点。如果不把"厨房"伸到街面上，那么在这个"厨房"里根本就没法转过身来。

一个七八平米大小的格子，既是会客室，又是这家主人的卧室。一张老大不小的木板床，就几乎占满了整个格子的空间。特别引人注目的是这张大床上竟然放着两大三小五床被褥!这就是说,这样的一张床上,晚上大大小小地要睡上去五个人!

家里留着一老三小,一个七十岁左右的老太太,一个八九岁的小女孩,一个不到两岁的小男孩,还有一个不满周岁的婴儿。那个八九岁的女孩,很费劲地抱着那个不满周岁的婴儿。婴儿不知道是饿了,还是哪儿不舒服,正在声嘶力竭地大哭大闹。而这个七十岁的老人,一边拽着大概是刚会走路的小男孩,一边正在碗里搅着什么可能要喂孩子吃的东西。

像这样的住房,根本就进不去这么多人。就算进去了,也站没站的地方,坐没坐的地方。于是除了李高成、郭副市长和原明亮外,其余的人只进来看了看就又都出来了。

老人和小孩全都呆呆地看着这些不速之客,什么话也说不出来。尤其是在老人那昏花的眼神里,流露出来的全是茫然和陌生,同时还夹杂着一种分明看得出来的担心和惊慌。

然而李高成还是一眼就认出了眼前的这位老人:这便是当年在中纺当了三十多年模范标兵的范秀枝。

李高成做梦也没想到她竟会变得这么老,这么憔悴,她其实根本没有七十岁!在李高成的记忆里,顶多也就是六十岁出头。李高成调来中纺的那一年，她还是纺纱车间的班组组长，还连续在中纺当了好几年劳动模范。而在中纺这样的企业里，女工退休的年龄一般超不过五十五岁，能坚持到这个年龄退休的女工几乎没有。因为在如此繁重而又无休无止的劳作中，身体再好的女工也很难坚持到这个岁数。而唯有这个范秀枝，就在她五十五岁那一年，却再一次被评为全厂的劳动模范和全市的先进标兵。

那年他刚调到中纺的时候，有人曾开玩笑地对他说，范秀枝这个女人天生的就是当模范、当标兵的料，不让她受苦受累只怕她一会儿也活不下去。她十九岁进厂，三年学徒，二十二岁成了正式工。也就是从二十二岁那一年起，只要厂里评模范，哪一回也少不了她，而且哪一回她都肯定是全票。即便是在"文化大革命"中，她也从未中止过一天上班。

1967年市里闹武斗，中纺的工人几乎全都上了街，偌大的一个中阳纺织厂，没有一个车间能听得到机器声。在那场闹腾了整整五个月的武斗中，整个中阳纺织厂只有一个人没有缺过一天班，那就是这个范秀枝。那个每天接送工人上下班的班车司机说，也说不清有多少次，整个车里就只坐着范秀枝一个人，整个车间里也只有范秀枝一个人在上班。

范秀枝退休的那一年，李高成让人做了一个详细的调查，据并不确切的统计，在范秀枝参加工作的这三十多年里，前前后后、大大小小她一共当过九十六次劳动模范。全国劳模一次，省劳模三次，系统劳模九次，市劳模十一次，厂劳模三十二次。另外还有车间、班组、工会、妇联等各种各样的劳模数十次。

她真是一个名副其实的劳模专业户！

连李高成自己也记不清曾亲手给这位女劳模发过多少次奖。那时候，站在领奖台上的范秀枝是多么的光彩照人、容光焕发，让多少人羡慕和向往！

而如今，站在眼前的这个老态龙钟、腰背佝偻的老太太，就是当年那个从来也不知道劳累和疲惫的范秀枝吗？那当年的威武和英豪之气都到哪里去了？

而这样的一个为国家为人民为这个公司做过如此之大贡献的老劳模，怎么会住在这样一个让人一看就会忍不住掉泪的地方？

这能算是个家吗？这就是做了一辈子劳模的家吗？

没有冰箱、没有彩电、没有沙发、没有洗衣机、没有收录机、没有任何一件像样的家具，放在一个破旧桌子上的唯一的一件有点现代化气息的东西，大概就是那个14寸的黑白电视机了。

老人依旧呆呆地愣在那里，浑浊的眼里好像根本没有认出眼前的这个人就是曾经给她发过无数次奖状的老厂长李高成，更没有想到这个当年的老厂长就是眼下的市长李高成！

好一阵子了，李高成才明白范秀枝为什么认不出他来：范秀枝的两只眼睛上都布满了厚厚的一层云翳，她可能根本就看不清任何东西，几乎就是在凭声音分辨人和人的位置。

老厂长原明亮本来要把李高成的来意和身份介绍给她，但被李高成制止了。不知道更好，就算知道了，又有什么不同，这样反倒更好些，也许还会了解到一些更真实的情况。

好一阵子才算把那个大哭大闹的孩子哄得安静下来，孩子真的是饿，正在大口大口地吃着碗里的不知什么东西。

屋子里顿时显得非常安静。

但面对着范秀枝这样一个劳模的家庭状况，李高成好久也不知道该给老人说些什么。能说什么呢，没的可说，也真的没法说！

"老人家，我们是市里派来了解情况的。"这时郭副市长说话了，他竭力用平和的声音给老人介绍道，"市里对咱们公司的情况非常关心，你是公司里的老劳模，所以我们也就特别想听听你老人家的意见。"

范秀枝浑浊的眼里和满是皱纹的脸上仍然看不出任何表情，仍然是那样茫然地呆呆地面对着眼前这几个她看不清的身影，好半天才说了一声：

"唉，我们的意见顶个甚用？政府说个甚，就是个什么。我们这些当工人的，跟着照办不就是了。这么多年了我们这些工人不就是听政府的，不就是这么一步一步跟着政府过来的。政府说甚就是甚，我们没意见。"

"现在厂里有了困难，你也知道的，停工停产，工人们也领不到工资，连你们这些离退休的职工干部，生活上也没了保证。老人家，你对这些就没什么看法？你也没听到工人们有什么说法？这个厂子是咱们工人的，这么大的事情，咱们当工人的也应该想想办法呀。"郭副市长继续开导着说道。

"看你们说的，一听就是些外行话。"老人对郭副市长的这一番话显出一副很不以为然的样子，"也不知道你们到底都是些什么人,有些话也不知当说不当说。"

"说吧,没关系,都是自家人。"老厂长原明亮说了一句。

大概是老厂长的话终于让她放了心,她止不住长长地叹了口气:"唉,这个厂子什么时候会成了我们工人的,这么多年了,谁听过我们工人的,要是听我们工人的,厂子还能成了这样。"范秀枝的脸上依旧看不出任何表情,她的话也同样不带任何感情。只有对这个世界绝望了的人,才可能说出这样的话来。

话说到这儿,似乎再也进行不下去了。良久,李高成才没话找话地问道:

"你在厂里干了一辈子,又是老劳模,每个月的退休金有多少呀?"

"乱七八糟地算下来,要是不扣不缴的,差不多有二百多吧。"

"二百多!怎么这么一点儿!"

"就这也五六个月没发过了,唉,到了这会儿,也早不指望它了。"

屋子里一阵寂静,李高成好半天也不知道该说些什么。

也不知过了多久，郭副市长有些难过地问道：

"老人家，厂里停产了，家里的人都到哪儿去了？"

"找活干去了呀，活人还能让尿憋死。"

"老伴呢，也找活干去了？"

"不干咋呀，我这眼睛是不行了，要是眼睛还行，还能就这么整天坐在家里。"

"老伴多大了？"

"小呢，刚过七十。"范秀枝平平静静地说。

"年纪那么大了，还能找什么活儿干呀？"

"找下甚算甚，前两天帮着给人家收拾家，这两天跟儿子媳妇一块儿卖鸡蛋。"

"……卖鸡蛋！在哪儿卖鸡蛋？"李高成感到有些不可思议，一个七十岁的老人怎么会去卖鸡蛋？

"在自由市场上呗，先到鸡场买下鸡蛋，然后再到市场卖么。"

"鸡场都在市郊，离自由市场很远的呀，这能赚了钱吗？"郭副市长也不禁感到有些吃惊。

"能，一斤鸡蛋差不多能赚一毛钱。老头子和儿子骑车一人一次能带百十来斤，两个人运，媳妇卖，闹好了一天就能卖完,刨去破的烂的,也能赚个二三十的。"听范秀枝的口气,就好像自己的老伴像个小伙子一样。

"七十多的人了,还能带了那么重的鸡蛋吗?"

"能,老头子身体好着哪。"范秀枝的口气仍然像是在夸一个身强力壮的小伙子,"一来回七八十里的路程,比儿子跑得还快。就是大前天让汽车闪了一下,两篓子鸡蛋差不多全给摔烂了。老头子回来哭呀哭呀,一直哭了大半夜。其实那些摔烂的鸡蛋,差不多全都让他用塑料布裹回来了,又是冬天,并不怕坏的,够一家子吃好多天了。可老头子就是心疼得不得了,哭得就像个小孩似的,说这一篓子鸡蛋让他们这么多天全都白干了,眼看就要过年了,这日子还过不过了。过一辈子了,还真没见老头子这么哭过……"

范秀枝仍然是那样毫无感情、毫无表情地说着,然而那一双布满云翳的浑浊的眼里,眼泪却一颗一颗地滴了下来。

原明亮悄悄地转过脸去,使劲地在自己的脸上抹着,郭副市长的眼里也止不住地涌出两行泪水。

还需要再说什么呢?还能再说什么呢?面对着这样的一个老劳模的晚年,你还能说出什么!

李高成最终也没说出自己究竟是谁,他觉得他说不出口，真的说不出口。

"老人家，马上就要过年了，家里要是有什么困难，就提出来，市里一定会尽力解决的。市里这次派我们来，就带了救济粮和救济款，像你家里这种情况是完全符合救济条件的。"郭副市长很真诚也很动感情地说道。

"不用！"范秀枝用很硬朗的口气一口拒绝了郭副市长的话，"有甚困难？家里这么多能干活的人，能有甚困难！比起1960年那会儿，这算个甚困难。厂里比咱困难的人家多的是，要是连咱这样的家庭也救济，那得救济多少人呀。再说，咱还不是个政府树起的模范么，当了一辈子模范，到了这会儿了倒还要国家和政府来救济，那不是遭人笑话么？要让别人知道了，那还不是给国家给政府丢脸。前些日子我就给原厂长说过，只要我还有一口气，我这个家就不要救济。我给家里人也说了，人不能忘本，我这条命可是共产党给的，当年是解放军从我饿死的娘怀里把我抱出来的，想想我怎么能要共产党的救济……"

一番话又把里里外外的人说得掉了眼泪。李高成强忍着，眼泪还是止不住地往外流。末了，李高成问道：

"老人家，你就没有别的什么要求吗？像你的眼睛，市里可以出药费给你治好的,这种病花不了多少钱的。"

"人老眼花,再看又能好到哪儿去。唉,要说要求……"范秀枝想了好半天终于说道,"既然你们问有什么要求,那也不怕你们笑话,就让我给政府提一个吧。"

老人一边说,一边摸摸索索地从床下的一个箱子里拿出一张单子来,然后颤巍巍地递给了李高成。

李高成看了好半天,才看明白这原来是一张购书单。

范秀枝同志:

您的事迹和照片已编入《中华劳模大典》,这是您及您全家人的光荣,首先请接受我们向您及全家表示衷心的祝贺!您为党和人民的事业默默工作无私奉献,您的功绩祖国人民将永远不会忘记!载入史册启迪后人,是人生之辉煌和荣耀,也是您及您全家人心血和汗水的结晶!望您接到通知后,按照预订汇款通知,请您尽快寄来书款,以便您珍藏留念。如有困难,可同单位领导联系给予报销。

这个要求再简单不过了,范秀枝拿不出这笔不到百元的书款来,希望能让单位给她报销了。

老人家说,她一辈子获过近百次奖,唯一希望的就是不要让儿孙们把这些都给忘了。等到有朝一日她不在世了,后辈们一看到这本书时,还知道他们的前辈里头,曾有过这么一个女人没给他们丢过脸。就算这个厂子垮了,毁了,后辈人也清楚不是垮在咱手里,毁在咱手里的……

李高成把一张一百元的钞票放下走出来时,眼里的泪水仍然止不住地往下流。

四十七

说是八层楼,其实有十层高。因为一二层都是营业厅,每层都足有两层楼那么高。

没有电梯,楼道里连电灯也没有。到四楼后,楼道就变得越来越窄了。李高成上到五六楼时,已经累得上气不接下气,好几次都不得不停下来歇一歇才能继续往上爬。

每一层楼都有不少工人和公安人员把守着,以防止小孩或者有意无意的以及别有用心的什么人贸然闯到楼顶上去,从而把事情闹得不可收拾。

魏所长说了,这都是杨诚书记特意交待了的。一切都要按照夏玉莲的吩咐去做，只有这样才能保护她。

真亏了杨诚，也真难为了杨诚！这么多天来，每逢他最艰难和关键的时候，都是因为有杨诚的存在和支持，才能够闯过一关又一关。他真为自己感到庆幸，如若没有杨诚，很难想象自己能够支撑到现在。杨诚名副其实地确实是一个好书记！

等爬到最高一层时，他有些吃惊地看着直达楼顶天窗口上的那一溜儿钉在墙上的梯状的钢丝方框。第一个钢丝梯离地面足有1.56米高！像他这样的男子汉要踩上去也需要费好大的力气，他真想象不出来瘦弱矮小的夏玉莲是怎样从这里爬上去的！

夏玉莲身患绝症，身体要比他虚弱得多！他昨天见到她时，几乎都已经无法行走，无法活动了，而今天，她一个人竟能爬到这么高的楼上来，而又能从这样的楼梯上爬上去！

据商业中心大楼的管理人员说，通往楼顶的天窗口本来是用铁丝拧住了的，一般人如果不带工具，用手是根本上不去的。所以从现场的情况分析来看，夏玉莲很可能是在上去以前就来过的，她一定是先看了楼上的情况，才会这么有准备地爬到了楼顶上。

一个病得几乎已经不能自理了的癌症病人，如果没有超人的毅力和惊人的耐力，是绝对爬不上去的，而且竟还爬上来两次。

李高成从八楼的一个窗户往下望去，像蚂蚁一样的人群发出像海潮一般的阵阵呼声，许许多多的人都在含着眼泪喊道：

"别跳！别跳！千万别跳……"

有一个扩音器正在一遍一遍地喊着：

"……夏玉莲！你听着！夏玉莲！你听着，李市长已经来了，他马上就到楼顶上去，就他一个人，李市长说了，他有好多好多的话要对你说！夏玉莲，你听着，李市长病得很厉害，是刚刚从医院里来的！杨书记说了，他昨天晚上高烧到了40℃！可他一听说你有了事，马上就赶了来。夏玉莲，我是李素芝，你一定要听我的话，等李市长上去了，你有话再慢慢说！杨书记正在给你联系万书记，万书记也一定会马上来的。还有，李市长让我告诉你，他说你奶大的两个孩子，梅梅和明明马上就要来见你……"

李素芝已经有些嘶哑的嗓音，听得人心发紧，催人泪下。

李高成对身旁的魏所长说："你听着，就我一个人上去，除此以外，一个人也不准上去。即使是上边出了惊天动地的事情，没有我的同意，也绝不能让一个人上去。一会儿等我的孩子来了，你先让他们用扩音器通知我，我同意了，再让他们上来……"

李高成止不住又有些哽咽起来。

直觉告诉他，夏玉莲已经支持不了多久了。这个受了一辈子辛劳的女人，在生命的尽头，却仍然在为别人付出如此巨大的牺牲。这个一辈子连在人面前说话的机会几乎都没有过的女人，在如此困苦的情况下，却还能对这个社会保持着一颗如此透亮的爱心！她还在如此深深地爱着她工作了一辈子，苦重了一辈子的纺织厂；深深地爱着厂里这些许许多多从来都不认识她，从来也没听说过她的工人；深深地爱着她曾经用乳汁和心血抚养过他的两个孩子，却几乎已经把她淡忘了好多年的一个忘恩负义的市长……

她不仅仅是正在用她的死，用她的生命，来阻止工人们的行动，也同样是在拯救着你这个市长，拯救着你这个面对着国家和改革的生死存亡，却一直在犹豫，一直在彷徨着的市长！

此时此刻，李高成似乎再一次领略到了日常生活中那句话的真正含义：确实只有她，只有像她这样千千万万的工人，才是我们这个国家的主人，才是我们这个国家的脊梁，才是我们这个时代的中流砥柱！

还有一个感觉强烈地撞击着他的心扉：世界上许多事情往往就是这么简单，只有你心里有她，她心里才会有你；只有你时时刻刻在关心着她的生存，她才会这么为你而舍生忘死……

李高成的头从楼顶的天窗上一探出来，脸顿时就像刀割一般地阵阵刺痛，眼睛也根本无法睁开。

第一个让他根本没料想到的感觉是，在这个附近几乎没有什么高层建筑的城市郊区，也许是太高了而又一无遮拦的原因，刺骨的西北风竟是如此的强劲凶猛！怒吼着的寒风裹卷着尘沙，不仅让他睁不开眼，而且逼得他几乎连气也喘不上来。

他强迫自己坚持了片刻，然后一挺身站了上来。

也许是风太大了，也许是天气太冷了，也许是因为时间太长了，而夏玉莲的身体也许是太虚弱了，李高成站那里好一阵子了，夏玉莲都好像根本没有察觉到，甚至连头也没有往后转一转。

他默默地站在那里，一时竟不知道该怎么办。喊，他觉得不能喊；走，也根本不敢往前走。因为在这种地方，这种情况下，任何一个闪失，都会造成无法挽回的结果。

夏玉莲站的地方实在是太让人害怕，太让人担心了。她是站在楼顶四周边缘大约有二尺高的砖砌的栏台上，这道粗糙而又剥裂的栏台，大概还不到二十厘米宽，而身板单薄得几乎能让风刮走的夏玉莲就摇摇晃晃地站在这不到二十厘米的栏台上！

商业中心大楼其实是一座为了省钱而偷工减料了的廉价工程。在下边临街的这一面看，商业中心大楼挺大挺宽挺高，但这只是个假象，从后面你一看就会明白，这座楼越到上边越窄，而等你到了楼顶上时，才会真正发觉这座楼窄小得几乎让人吃惊，整个楼顶的面积顶多也就是二百平米左右。所以李高成一上来就惊奇地发现，他站着的地方，距离夏玉莲站立的地方竟是这样的近！他甚至突然萌生出一个冒险的念头，只要他再悄悄走出去两步，然后一个猛扑，只需几秒钟的时间，就可以把夏玉莲从死神的边缘上拉回来……

他下意识地往前走了一步，然后一下子便像僵住了一样站住了，他分明地听到了一个非常虚弱非常沙哑但又非常清晰的声音：

"……不要过来！"

李高成有些瞠目结舌地愣在那里，他朝那个瘦削的背影呆呆地看了片刻，才慌忙说道：

"夏大姐！是我呀，我是李高成！"

"李厂长，我知道是你。"夏玉莲仍然背对着他，仍然那样让人心惊胆战地站在那里。

夏玉莲此时叫他叫的不是李市长，而是十多年前的李厂长！

"夏大姐！你能不能站下来跟我说话，你站在那样的地方，你让我怎么给你说，我又怎么能把话说得清楚！"李高成一边竭力用平静的话语跟夏玉莲交谈着，一边想着自己究竟应该怎么办，"夏大姐，就算你不下来，那你坐下来跟我说话还不行？"

"李厂长，你别逼我。"也许是顺风的缘故，夏玉莲

119　抉择（节选）

的嗓音尽管非常柔弱，但李高成却听得清清楚楚，"你是知道的，我已经活不了几天了。你一点儿也用不着为我担惊受怕，我死了，也就不拖累家里，不拖累大伙，也不再拖累你了。我死了，我不受罪了，大伙也都不跟着受罪了。我今天能爬到这上面来，就没想到要再下去。"

"……夏大姐！"李高成鼻子阵阵发酸，但却有些生气地说，"你怎么能这样想！你要是这样了，就没想想大伙心里会多受罪！你就是不为自己着想，也应该为孩子们想想，也应该为这个厂想想，还有，夏大姐，你就不为我这个中纺的老厂长想想！还有梅梅，明明……"

"好了，我说过了，你不要逼我，我现在就只问你一句，你到底有没有出事？你自己到底有没有事？"

"……什么事？"李高成不解地问。

"这些年，我们都离得远了，这会儿记着的都是你那会儿的事。那会儿我是清楚你的，大伙对你也都放心。现在这么问你，并不是想埋汰你，我只是想心里有底。李厂长，你是不是还像过去那样清清白白，干干净净？你为公家干了这么多年，官也越做越大，是不是还像过去那样没占过公家一分钱的便宜，没对咱们工人干过一件见不得人的亏心事?"

"夏大姐,我懂了!我可以告诉你,我没出事,什么事也没有!"李高成使劲地回答道,"我以前是个清清白白的厂长,是个干干净净的书记,今天也仍然还是个对得起老百姓的市长!我过去没想过,今天也从未想过要占公家一分钱的便宜!过去没做过,今天也绝不会去做任何亏心的事情!自从那天见到你,我已经把我过去的日子好好想了一遍,我也许做过什么错事,有过什么闪失,但绝不是存心的!像中纺的问题,我有很大的责任,我知道我这几年对中纺的工人们关心得很不够,对这儿的事情注意得也很不够!但有一点我可以给你保证,在经济问题上,在生活作风上,我没有做过任何对不起大伙,对不起厂里的事情……"

"既是这样,那为啥省里还要派人查你,还要派人抄你的家?工人们都给我说了,是不是一个姓严的书记故意要跟你过不去?因为你查出了他的事情,他就这么存心报复你?因为他是省里的头头,省里的领导就都向着他,是不是这样?"

"……夏大姐!这都是谁给你说的!"李高成根本没想到夏玉莲竟会这么看问题,"这不是真的,他们说得不对!

省委市委的领导支持的是咱们！是咱们工人！公司里的那些搞腐败的领导都已经给抓起来了……"

"那为啥不查那个姓严的，却非要查你？为啥不抄他的家，却非要抄你的家！为啥？一个快死的人了，你还不敢给她说实话？"夏玉莲言之凿凿，一副铁骨铮铮的样子，同以前的夏玉莲相比，几乎完全换了一个人。

李高成几乎被问得发愣，一时竟不知道该怎么回答才好。片刻，才接着说道，"夏大姐，有时候，事情并不会像我们想的那样一下子就能办好。但你放心，不管是什么样的人，只要他干了见不得人的事，干了违背良心的事，干了老百姓不答应的事，那他迟早都会受到惩罚……"

"……我明白了，你不必再说了。"夏玉莲摇晃了一下，楼上楼下顿时一片惊呼，但夏玉莲很快又站稳了接着说道，"李厂长，只要你说的是实话，我也就没啥放不下的了……"

"不！夏大姐！"李高成惊呼了一声，他根本没想到自己的话竟会让夏玉莲给了他这样一个回答，"是你让我说了实话！既然我说了实话，你能不能坐下来我们再接着谈……"

"你能不能让万书记也来一趟，你就告他说，看在一个快死的人的份上，能不能让我问他一句话？我不会占他很多时间的，只要一分钟就行。我已经听了你的了，也想听听他的。"

"万书记今天一早就去了外地，杨书记正在联系，但路那么远，一时半会儿万书记不可能来得了呀！"

"没关系，我能等，只要他肯来，我想……我等得到他。"

"可你的身体会支持不住的，你有病，身体又弱，万一有个闪失，让我怎么给万书记交代，又让我怎么给工人们交代！"

"不会，我的身体我清楚。我赶上来的时候，吃了三片止痛片，我顶得下去。"夏玉莲依旧这么不容置辩地说道，也始终没回身看他一眼。

"……夏大姐！"李高成有些绝望地喊了一声，几乎想一下子冲过去，但紧接着便被一声呼喝猛然制止在了那里。

"别过来！"夏玉莲虽然背对着他，却好像把一切都看得清清楚楚，"我说过了，你别逼我……"

……

"李市长，李市长……"李高成听到魏所长在身后轻轻地喊着他，"给你一个纸条，是杨书记写的。"

李高成看了一眼身后天窗口上伸出来的纸条，想了想，又朝夏玉莲的背影看了看，然后才小心翼翼地弯腰把纸条拿了过来。

老李：

同万书记的秘书联系上了，万书记正在给灾区群众讲话。万书记的秘书说，他马上就给万书记谈这件事。他说万书记肯定会来的，万书记的性情我们也了解，肯定会来的。以防万一，我们已经在八层楼夏玉莲站着的窗户下预备了防护设施，但这些办法都还是隐蔽性的，所以也就极容易出问题。你一定尽量做好说服工作，尤其是有这么多群众在场，还有这么多新闻单位，即使是我们在她跳下的时候拦住了她，那也是所有的人，当然也包括我们自己所无法接受的。你现在一个人在上面，也只能一个人在上面，我们都没办法帮助你。你应该清楚，你现在所干的事情并不是救一个人的事情，你面对着的也不仅是一个人，而是千千万万的人。你面对的并不是一个人的生命，而是千千万万人的信心和希望。也同样是我们的信心和希望！

让梅梅和明明来，是个好办法。到了这种时候，也许能起关键作用的唯一的东西，就是感情了。

……

面对着杨诚的纸条，李高成突然好像意识到了什么似的，稍稍想了一想，立刻掏出笔来，在纸条的背后写道：

杨诚：

让万书记此时再往回赶，是不是已经来不及了？我想夏玉莲支持不到那会儿了。能不能想想办法，让万书记直接跟我们通话？什么办法都行，只要能救人！我想在万书记那儿，肯定有现场采访的电台和电视台，能不能让他们把万书记的话直接传过来，直接让夏玉莲听到万书记的声音？万书记也可以直接回答夏玉莲的提问？

……

几乎不到一分钟，杨诚的第二张纸条就递了上来。

老李：

太好了！我马上就让他们照此办理，估计问题不大，真是好办法。另外，梅梅和明明马上就到，请你做好准备。

……

李高成紧张地想了片刻，然后转身对夏玉莲说道：

"夏大姐，刚才杨书记说，他已经跟万书记的秘书联系上了，万书记的秘书说，万书记正在给群众讲话，万书记马上就给你回话。但路程太远，二百多里的山路，能不能让万书记在电话上先给你说说话？"李高成想先征得夏玉莲的同意。

"你就让我在这儿……跟万书记打电话？我又怎么能知道那是万书记在给我打电话……有楼上楼下这么多的工人给我作证，我也能知道万书记究竟说的是真话还是假话。"夏玉莲的话已经有些结结巴巴，李高成心里不由得一沉，看来她真的快要坚持不下去了。

"那就让万书记直接给电台电视台的记者说，然后再让记者把话转给你！你也一样，把你要说的话直接说给记者，再让记者转给万书记!"

"不,我要亲自听到万书记的话,我还要让楼上楼下的工人……都能听到万书记的话。"

夏玉莲的声音是那样的细弱,然而却是如此强烈地震撼了李高成的心。

原来是这样!

她要让楼上楼下的几万工人都能听到省委书记的声音!

李高成心里像受到了重创一样怔在了那里,原来眼前这个弱小的女人想得竟是这么远,这么深!她这么做并不仅仅只为了你一个人,同时还是为了这个中纺,为了中纺这几万工人……

他突然感到自己是这样的猥琐和浅薄,同时也为自己的猥琐和浅薄而感到了一种深深的羞愧!

李高成的决心仿佛刹那间就下定了,为了这个女人,为了眼前的这几万工人,他一定要把她吩咐的这件事做成做好!

"夏大姐!我马上就让他们按你说的去做!万书记的话不仅你能听得见,楼上楼下的人能听得见,我还要让全省和全市的老百姓都能听得见!我马上就让他们在这儿现场

抉择(节选)

直播……"

李高成之所以敢下这样的决心，敢做出这样的许诺，是因为有一点他非常清楚。昨天晚上他已经听了万书记的那番讲话，他知道万书记在中纺的问题上持的是什么立场，所以他也就明白万书记将会怎样做和怎样说。

四十八

李高成几乎没再做什么工作，就让夏玉莲同意了他的建议。

也就是二十几分钟的时间，市电台和省电视台的记者就已经做好了现场报道和现场直播的一切准备。

几乎是同时，省委书记万永年的电话也已经接通，杨诚在楼下天窗口同万书记的讲话声李高成听得清清楚楚。

杨诚的话还没有讲完，似乎就让万永年给打断了，紧接着便听到杨诚向上喊道：

"万书记说了，秘书已经给他汇报了这件事，只要能保证那个女工的安全，让他做什么都可以！他已经备好了车，五分钟以后就可以出发，只要不出意外，一个多小时就可以到达中纺！现在他就可以同夏玉莲直接对话！用什么方式都可以！"

李高成的泪水一下子又涌了出来。

谢谢你，万书记！

一分钟以后，省委书记万永年的声音便通过电台和电视台，同时通过中纺的高音喇叭和现场的扩音器，清晰而又高亢地传了出来：

"……我是省委书记万永年，现在我通过市电台和省电视台直接同中纺的工人对话，直接同全省和全市人民对话，直接和夏玉莲同志对话！

"夏大姐，请允许我这样叫你！虽然我的年纪可能会比你大，但我还是想这样叫你！因为李高成市长是这样叫你的，杨诚书记是这样叫你的，中纺的大部分工人也都是这么叫你的，所以我觉得我也应该这么叫你！你辛辛苦苦、任劳任怨地为中纺，为我们这个国家，为我们这个政府付出了毕生的努力和心血，只凭这一点，我们就应该打心底里永远感谢你！所以你也永远都是我们的大姐！夏大姐，听说李市长的两个孩子也是你给奶大的，所以我今天也就特别想说一句，你不仅是孩子的奶妈，你和那些千千万万的工人一样，也都是我们这个国家的奶妈！没有你们心血的抚育，也就不可能有我们国家的今天！

"听李高成市长和杨诚书记说，你身体并不好，而且一直有病。尤其是在你有病，在你退休了好多年的情况下，还一直在为生活奔波，还一直在含辛茹苦地工作。李高成市长找你的时候，竟然是在一个条件极差，环境极为恶劣的地方找到你的！我听到这件事时，心里非常难过，我当时就掉了眼泪！夏大姐，不只是李高成市长觉得对不住你，觉得对不住工人们，发生这样的事情，我们都有责任，我这个省委书记的责任最大！我们都对不住你……"

李高成一边默默地听着，一边默默地流着眼泪，原来万书记什么都知道，到中纺找夏玉莲的事情他几乎没有给任何人说过，却没想到万书记竟知道得这样清楚！

"昨天晚上，省委已经做了决定，"万永年继续说道，"在今天下午或者明天早上去中纺看望工人们，有一句话我本想见了大家再说，但既然今天发生了这样的事情，那我现在就给大家说出来。类似中纺的问题，今后绝不允许再发生了！我们将尽快制定出新的规章制度，坚决杜绝出现任何损害和剥夺工人群众权益的事情！

"夏大姐,我知道你的情况,我想我也知道你心里现在想的是什么。你看不见我,但我在这儿可以清清楚楚地看到你!全省全市的人也都会清清楚楚地看到你!夏大姐!我知道你会问我什么问题,我现在就当着全省全市人民的面,如实地给你作出回答!

"首先我要告诉给你,也告诉给大家的是,中纺的问题,省委市委是下了决心的!省委和市委对中纺的问题绝不会撒手不管!对那些有腐败行为的领导干部绝不会撒手不管!对中纺目前的困境和前途绝不会撒手不管!对中纺工人群众的困难和要求更不会撒手不管!

"第二个我要告诉你和大家的是,昨天晚上,省委和市委已经在中纺的问题上采取了有力的行动!根据目前的初步情况,现在我已经能够明确地给大家宣布,中纺广大职工干部近时期以来一直在揭发和反映的问题,完全是正确的!这也完全证明了一点,我们党和政府的反腐败斗争,必须依靠和发动广大群众!只有这样,我们的反腐败斗争才会更彻底,更有力!对中纺的一些主要领导干部的腐败行为,省委现在向你们所有的人保证,他们绝不会逃脱党纪国法的严厉惩罚!

"第三个我要告诉你和大家的是,昨天晚上的行动,我们还查出了一些与中纺问题有关的领导干部的腐败问题。在这个问题上,省委也一样是下了决心的!我们今天一早就已经把行动的初步结果报告给了党中央!现在我就再宣布一个大家最为关心的问题,经中央批准,中共中央纪律检查委员会已经决定立案,对省委常务副书记严阵的问题进行严肃审查!

"还有一点,也同样是你和大家最为关心的问题,那就是通过昨天晚上的行动,我们进一步地了解和查清了一个人,这个人就是深受大家拥护和欢迎的李高成同志!我现在完全放心地告诉大家,李高成确确实实是一个好市长!他是一个经受了考验,也是经受得住考验的真正的共产党人!"

……

在万永年撼人心魄的讲话声中,李高成突然感到有人轻轻地在他身上碰了碰,他回过头去时,只见魏所长向他身后指了两下。

梅梅和明明!

两个孩子像是被惊呆了一样,脸色煞白、失魂落魄地听着和看着眼前所发生的这一切!

他有些下意识地想把两个孩子拉近自己身旁,但看着孩子吃惊的模样和孩子身边站着的魏所长,他打消了这个念头。

省委书记万永年此时的讲话,也许比任何举动和言辞都更有说服力。

所有的人此时都在静静地听着。

"……所谓的三十万元收受贿款问题,所谓的包庇妻子犯罪问题,所谓的和某些腐败分子沆瀣一气的问题,还有那个所谓的作为证据的录音带,全都是莫须有的栽赃和诬陷!

"就在昨天晚上,我们在李高成妻子办公室里的一个保险柜里,也发现了一盘录音带,在这个录音带上,不仅让我们看到了那些腐败分子的卑鄙和无耻,同时也让我们看到了一个真正的共产党人的光明正大和浩然正气!

"夏大姐!我替你感到骄傲!你想保护的,此时正站在你身后的市长李高成,他过去是一个好书记、好厂长,现在也同样是一个好市长!

"夏大姐!时间太长了,我想我该说的也都给你说了。车已经开来了,我准备马上赶过去。下边我想把这盘我刚刚听过的录音带也让你和大家都听一听,这盘录音带是李市长的妻子当时为了保护自己,让他家的小保姆给偷偷录下来的。这盘录音带才是最为真实的!让我们感到幸运的是,小保姆不仅录下了那些用巨款进行贿赂的无耻行径,而且还录下了李高成和他的妻子为此事而进行的争吵和斗争!

"夏大姐!当我让电台和电视台给大家播放这盘录音时,我希望你能听话,希望你能听从我们的好市长李高成对你苦苦相劝的那些话,你要是真有个三长两短,那会让大家心里难过!还有,夏大姐!你此时看看你身后,你从小奶大的两个孩子这会儿都泪流满面地在看着你,你忍心让他们为你而伤心一辈子吗……"

也就在此时,万书记的讲话声突然被一阵惊呼给压住了。

一直默默站着的夏玉莲,像是不由自主地往后转了一下身子,但正是这么一转,也许是由于时间太久了,夏玉莲就像支撑不住了似的在那一道栏台上踉跄了起来!那摇摇晃晃的样子几乎就要栽下去!

"奶妈——"

两个孩子几乎同时声嘶力竭地喊道。

"夏大姐——"

李高成也撕心裂肺般地号了一声。

也就在这一刹那间,李高成看到了夏玉莲的手正向他和孩子伸过来……

李高成猛然像疯了一般扑了过去,紧接着便扑通一声跪倒在那里,一把抱住了正在倒下的几乎已经昏迷了的夏玉莲。

也就在这一瞬间,他看到身后的孩子和几乎所有的人都像被吓倒了似的跪下了。

"……奶妈!"

他听到了两个孩子的哭声。

他好像还听到了四周一阵阵排山倒海般的哭喊声。

当人们七手八脚地把夏玉莲从楼上抬下来,一直抬进救护车里时,李高成才发现整个中纺的几万工人都静静地围在他们身旁。

所有的人都在默默地注视着,倾听着,所有的人都在激动地流着眼泪……

他们正在倾听着那盘录音带!

杨诚对他说,这盘录音带是那天晚上钞万山他们给他送来三十万现金时,他的妻子吴爱珍让保姆小莲偷偷录下的。他们虽然好像是一伙的,但双方都偷偷地录了音!原来他们谁也在提防着谁,谁也不信任谁!

看来肮脏的东西,见不得人的东西,永远都只会那么肮脏,也永远都只能见不得人!

有意思的是,小保姆不仅录下了整个送钱的过程,而且不知什么原因,居然把他们两个当时争吵的话也一并给录了下来。极有可能是小保姆当时因为什么事而忘了录音的事情,于是在无意之中把后来他们之间的那些话全都录了下来……

奇怪的是,不知道妻子为什么却没有把后边的这一段给销掉。也许,妻子在为了保护自己的同时,说不定也想到了会有今天!如果真要是到了今天这个结局,真要到了谁也保不住自己的时候,若能保住自己的丈夫,也就等于保住了孩子,保住了自己的家庭。

所以那天她才会在医院里说出那样的话来:能救了你的只有一个人,那就是我!

一种多么畸形的说不清的心态。

社会太复杂了，人也实在太复杂了。

录音的效果是那样的清晰，自己的声音如今听来，竟是那样的铿锵有力和震撼人心：

……我真不明白，你们要这么多钱究竟要干什么！想想过去，看看现在，比比老百姓，我们还有什么不满足的！你好好到农村去走走，好好到工厂里去走走，你吃的什么，穿的什么，住的什么，又坐的什么！老百姓又吃的什么，住的什么，穿的什么！别说你对得起老百姓了，你对得起你的良心，对得起你自己，对得起孩子们吗？有朝一日，当你面对着老百姓必须作出回答时，你能说你们今天所做的这一切都只是为了这几个钱吗？你当初的理想，当初的志向，当初的热情，当初的宣誓，也都只是为了这几个钱吗？你知道不知道，你现在所做的这一切，不仅会毁了我们这个国家，毁了我们的党，毁了我们的改革，而且还会毁了我们全家的幸福和前程！这里头也包括你们自己！你和你们这些人，由于你们的罪恶和贪婪，将千秋万代地被人民踩在脚下！将会被永生永世地钉在历史的耻辱柱上！世世代代的老百姓都不会放过你们……

李高成隐隐约约地感到,这段话几乎就是为今天这个场合而准备的。

是的,毫无疑问,面对着市场和改革,所有的人都将面临着一场严峻的考验,都将面临着一次重新抉择!

在他的四周突然爆发出一阵阵山崩地裂般的掌声和欢呼声,他知道,他的录音已经结束,他也知道,这些掌声和欢呼声都是冲他而来的。

他发现自己的两个孩子此时也都在泪水满面地默默地注视着自己。

"爸爸,这些事你为什么不早点给我们说?"儿子似乎在为自己昨天晚上的话而感到伤心。

"……爸爸,那录音里的事情都是真的吗?"梅梅凄楚而又茫然地问。

李高成什么也没回答,只是轻轻地把孩子揽在了怀里。

梅梅止不住地啜泣起来:

"爸爸,这都是为什么?爸爸,怎么会这样,怎么会这样?"

是的,这都是为什么!又怎么会这样!

他无法回答梅梅,也无法回答自己。

这一切来得实在太快太猛了,尤其是在我们还缺乏免疫力的时候……

名家点评

  《抉择》直面现实，关注时代，以敢为人民代言的巨大勇气和张扬理想的胆识，深刻地揭示了当前社会复杂而尖锐的矛盾，突出地塑造了在艰难抉择中维护党和人民利益的市长李高成的崇高形象，也比较充分地展现了广大群众和党的优秀干部与腐败势力坚决斗争的正面力量，给读者以正义必定战胜邪恶的信心。小说注意调动扣人心弦的情节和细节，在冲突的浪尖去刻画人物，描写生动爽利，语言流畅激越。整部作品正气凛然，具有强烈冲击读者心灵的思想和艺术力量，其启示意义，尤其发人深省。

第五届茅盾文学奖评委会　颁奖词

1997年8月出版的长篇小说《抉择》，是张平最重要的一部作品。在写作之前，张平曾采访了数十家国有大中型企业。他发现，对企业破坏和损害最大的是集体腐败，是权钱交易，是国有资产流失。一些领导人巧立名目，假公济私，大发横财；而那些因停工被迫下岗的工人们，生活困境却惨不忍睹。严酷的现实，让张平想到了作家的责任和良知，他决心要替工人们说出心里话，要揭露那些腐败分子的真实面目，要讴歌为党为公、一身正气的改革者。所有这些，全部浸透到了《抉择》中。《抉择》一经问世便在读者中引起强烈的轰动，出现了近年来少见的纯文学作品销售热潮，并且被近百家报刊转载、上百家电台连播、改编成多种艺术形式；获得第五届茅盾文学奖之前，已经在好几项全国性评奖中榜上有名。最应当提到的是根据这部小说改编的电影《生死抉择》。电影《生死抉择》是所有根据张平作品改编成的艺术作品中最为成功的一部，具有强烈的视觉冲击力、思想震撼力和艺术感染力，是近年来现实题材影视作品中非常重要的收获，也是近年来获得观众广泛赞誉的少数几部现实题材影视作品之一。

山西省作家协会副书记　杨占平

《抉择》浪漫主义的一翼，比较鲜明、清楚地体现在以下几个方面：

第一，情境的超常性、非现实性、浪漫性。最典型的莫过于结尾几万工人准备上省委请愿，老工人夏玉莲爬上八层高的楼顶上，以准备跳楼来劝阻集结待发的几万工人的请愿行动，来要求省委给予工人答复这一惊心动魄的一幕了……这样的浪漫主义的情境设置，在《抉择》中比比皆是，比如工人聚众准备请愿，却仅仅因为李高成的一番充满激情的话而被阻止；比如李高成在昌隆服装纺织厂的戏剧性场面；比如李高成对中纺视察时独自一个人的所见所闻等等等等。

第二，作品中主要人物塑造上的超常性、理想性。在《抉择》中，对市长李高成的塑造就是如此。首先是矛盾的超常性，然后是在矛盾的超常性衬托下所体现的人物人格、精神境界或能力的超常性。说矛盾的超常性，是指诸多尖锐的矛盾，统统集于市长李高成一身——这正是作者为了突出李高成超常的人格、精神境界及能力所设置的这种超常性、理想性又总是同人物的道德完善、完满联系在一起的。

第三，矛盾解决的理想性。在社会现实生活中，腐败与非腐败绝对不是如作品中所写的那样泾渭分明，那样的以人为标准画线，那是一种风气，一种机制上的弊端。

太原师范学院文学院教授　傅书华

张平创作谈：

　　写完《十面埋伏》的最后一笔，已经是凌晨四点，天色黑沉沉的，住宅四周悄无声息。我一个人默默地坐在自己不足四平方米的书房里，眼泪突然汹涌而至。我用双手抹了一把又一把，怎么也抹不完。

　　为自己，也为自己作品中的这些人物。

　　《十面埋伏》是自己耗时最长的一部作品。采访时间长，构思时间长，写作时间长，对自己身体和健康的损耗也最大最长。为了体验那种真正惊心动魄的感觉，自己曾跟着特警队，连夜长途奔袭数百公里，到邻省一个偏远乡镇去解救人质。回来后昏睡两天两夜，上吐下泻，高烧不退，患急性中耳炎以至鼓膜穿孔，住院二十余天。与其说自己作品中的人物在进行着殊死的较量，还不如说自己的肉体和灵魂在进行着殊死的较量。

就像我的这种费劲而又愚笨的写作方法一样，每写一部作品前，都必须进行大量的采访和调查。不熟悉，不了解，感动不了自己的人和事，我根本无法落笔。即使是在写作期间，一旦有拿不准的地方，还是得不断地往下跑。没办法，写现实题材，只要写的不是个人亲身经历过的事情，大概就只能这样，于是越写就越觉得难。就像画画一样，画大家都没见过的东西怎么画也可以，画大家都司空见惯的东西你再费劲还是让人看着有毛病。大家都没经历过的年代和社会，你想怎么写就可以怎么写；大家正生活在其中的日子，你若想把它写像了，大家都认可了，可就绝非那么容易。

长篇

十面埋伏（节选）

第三十三章

史元杰回过头来时，才发现父亲正睁着眼在定神地看着他。

父亲的眼里有着一种异样的，让他感到铭心刻骨，沦肌浃髓的东西。

"爸！"他喊了一声，便不禁愣在了那里。

父亲仍然那样痴痴地看着他，良久，父亲才问了一句："……王国炎的案子……有线索啦？"

父亲说话的样子很费力，话音也很低，但对史元杰来说，却不啻是一个巨大的撼动。父亲还记着这个案子！即使是在如此的重病之中也仍然牵肠挂肚！

一时间史元杰竟不知该说什么才好，末了，他对父亲点了点头："是，有线索啦。"史元杰明白，父亲牵挂着这个案子，其实就是在牵挂着自己的业绩，只有尽快破了这个案子，才是对父亲最好的安慰。

"……刚才我已经听到了……很难，是不是？"看得出来，父亲正尽力地让自己的话能说得更清楚一些。

"是，我们正在努力。"史元杰不想瞒着父亲什么，但也不想让父亲感到有什么压力，"爸，你放心，很快就会有结果的。"

"……爸不是不放心你，孩子……爸是有些担心……"说到这儿，父亲挣扎着似乎想坐起来，史元杰赶忙扶住父亲，然后把枕头往高垫了垫，尽力地让父亲能靠得稳当一些。史元杰感到父亲的身体竟是那样的柔弱和单薄，只稍稍这么一动，已经是满脸青紫、气喘吁吁了。

史元杰一边更近地靠向父亲，一边用手轻轻地抚摸着父亲青筋暴突的手背："爸，没什么可担心的，你把心放宽，安心养病就是。我很好，真的很好。"好一阵子父亲才算平静了下来，"……孩子，你听我把话说完。……爸担心的不是别的，爸担心的是……怕你会顶不住。"

史元杰再次愣在了那里，他没想到父亲会这么说！

父亲咳了几声，接着说道："孩子……爸给你说话的机会……也许不多了，有好多话爸一直想说给你。孩子，人生在世，也就是那么几十年……一眨眼就过去了。爸这辈子，可以说是碌碌无为……没成过什么大事。孩子，你别打断爸，听爸把话说完。爸虽说没成过什么大事，但爸并没有做过……对不起自己良心，对不起国家的事……爸没有给咱们史家丢人。咱们史家祖祖辈辈……都光明磊落，堂堂正正，孩子，能守住这个并不容易……尤其是在如今这个年头……更难。"

史元杰点点头："爸，我记住了。我会顶住的。"

父亲喘了一阵子，又接着说："……孩子，你知道爸这辈子最后悔、最咽不下这口气的……是什么吗？除了'文革'那几年，爸做了差不多……大半辈子的官，爸眼看就要……离开这个世界了，可眼看着还有那么多……坏人、恶人还在这个世上作威作福，称王称霸，还在欺负老百姓，还在糟践这个国家……他们有好多就在爸的身旁，有些还是爸当初的部下、同事……爸当初那会儿有权,有能力,有机会,能把他们从老百姓头上……赶下来的时候,爸却因为种种原因……没来得及那么做,没有下决心那么做……你明知道他们是坏人,是恶人,是老百姓的敌人,是这个国家的蛀虫,可就是眼看着……让他们一个个地从你的手底下溜了过去。一晃……就这么多年过去了,他们有的越升越高,有的越变越坏,而到了这会儿,你对他们已经毫无办法,无可奈何了,他们也早已对你不屑一顾了。他们榨尽了……国家和老百姓的血汗钱,没有受到丝毫的惩罚,而这些东西……偏偏又是当初被自己放过了的……孩子,如今就是有一千条一万条理由,爸也没法原谅自己。孩子,你明白了爸的意思了吗?爸当初让你留省城,其实也是这个意思……你绝不要像爸这样,你懂不懂!你要是到了爸这份上,活着比死还难受!爸揪心呀!爸真的不能想,一想起这些来,爸心里就像刀绞一样,孩子,爸死不瞑目,真的是死不瞑目呀……"

父亲突然像是喘不过气来似的哽在那里,憋了好一阵子,终于有两串浑浊的眼泪从他昏花的眼里滚落了下来。

史元杰此时早已泪流满面。

从小到大,几十年了,史元杰是第一次看到父亲掉眼泪，第一次看到父亲如此悲伤。

樊胜利尽管做好了一切准备，但让他始料不及的是这辆红色奔驰竟会真的从他身旁的这条小巷子里窜了出来，而且速度是如此之快！

他身旁的这条小巷是一条极窄的胡同，即使是那种小而灵巧的夏利出租车，也绝少会在这样的巷子里穿行，但这辆红色奔驰偏偏会从这样的胡同里冲了出来，而且疾驶的速度简直令人瞠目结舌。

樊胜利和另一个助手开着的是一辆运送垃圾的大卡车，车停靠在大街的旁边，摆出一副正在修车的样子。车的发动机一直在轰轰地响着，司机也一直全神贯注地在驾驶室里坐着。一旦发现情况，他们可以在三十秒钟内开动汽车，在一分钟内驶向车道的任何一个地方。

这一带的大街并不宽，他们所处的地段除了人行道和自行车道外，中间有隔栏的单向车道像大卡车这样的车辆只需一辆就可以全部占满。一旦他们的车辆占住了车道，即使是像三轮车那样的机动车，也别想超车到前面去。

然而偏是在这样的一个十拿九稳的地段和位置上，却没想到竟会出现这样的偏差:这辆红色奔驰根本没在他们所预料的方向出现,而是突然从身旁的这个小巷子里冲了出来!

小巷子距离他们的大卡车顶多三十米,以这辆奔驰的速度,只几秒钟的时间就从他们身旁飞驰而过。樊胜利他们就是再快再神速,也只能是猝不及防,瞠乎其后。

其实当这辆奔驰一从小巷子里冲出来的时候,樊胜利立刻就意识到是自己失算了。这个小巷子自己当时并不是没想到,因为考虑到那是一辆奔驰车,后面还跟着一辆丰田吉普,所以也就觉得他们不可能从这么窄的一个胡同里拐过来,既费时间,又极可能被堵死在里面。他们决不会这么干。但你觉得不可能发生的事情,偏偏就是发生了。

真正是"说时迟,那时快",当时正在车旁站着的樊胜利顶多只愣了那么两三秒钟,就猛地一个腾越跳进了驾驶室里。"开车!快!立刻打到车道上去!就是后面胡同口那辆奔驰车!挡住它,一定要挡住它!"

面对着樊胜利的吼叫,那个助手几乎被惊呆了。完全是靠一种下意识,僵硬而机械地开动了汽车。大概是太匆忙太慌乱了,就没有注意到卡车的后方和左方,再加上车身宽大笨拙,后面人行道上的人多,稍一起动,立刻就别倒了几个根本就没注意的正在奋力骑车的自行车行人。尤其是其中有一位骑自行车的中年妇女，可能是因为不会用脚支地让正在倾斜的自行车不倒地，而是大呼小叫地随着自行车的惯性一边往前冲，一边随着自行车一起摔倒在地上，于是连人带车全都栽在了大卡车的车轮前面。

摔倒的自行车和行人堵在了卡车前面，大卡车被堵住了，但并没有堵住前面的汽车车道，绕过卡车的车辆依然在快速向前移动，眼看着那辆红色奔驰就要从自己的面前驶过。

樊胜利只觉得自己的头"嗡"的一声便大了起来，他这里其实是这次行动的最后一道防线。本来在耿莉丽家那道胡同口的他，由于对方突然多了一辆丰田吉普，为保险起见，他们才临时决定让他这个小组来到了这条路上，而另一个小组则仍然坚守在大桥口。所以这辆红色奔驰一旦从这里驶过，可以说再没有什么人和车能拦得住他们。即便是急速调兵遣将，也绝不会在几分钟的时间里派人派车将他们阻止住。他们只需几分钟的时间就可以到达耿莉丽家的那个胡同口！而只要这辆车拐进那个胡同，代处长他们就是想撤也撤不出来，想跑也跑不及了。如此，这次行动不仅彻底泡汤，而且后果将不堪设想!

仅仅也就是那么三五秒钟的时间,那辆急速驶来的红色奔驰同大卡车的距离只剩了七八米远,樊胜利看了看卡车前面已经爬起来的那位中年妇女,估摸了估摸车前的距离,他猛地一扭方向盘,脚在油门上使劲一踩,卡车"轰"的一声巨响,径直便向前蹿跃了四五米远,不多不少,不偏不倚,正好把卡车的大半个车身压在了车道上。

樊胜利听到了一阵惊叫声,其实此时他也已经感觉到了汽车的两次震动。直到他后来倒在地上时,他才清楚了汽车震动的原因。汽车的后轮压扁了两辆自行车,同时因为汽车突然冲向车道,那辆红色奔驰由于刹车不及,嘭的一声便撞在了卡车的前轮上。

事实上,樊胜利是被四周义愤填膺、怒不可遏的群众从车里拉下来的。当他意识到挨打已经不可避免时,他便使劲地让身体匍匐在地上,然后用双手双臂使劲地护住自己的头部。数不清的拳头和皮鞋没头没脑,铺天盖地地向他砸了下来。

当挨打的力度越来越重,挨打的地方越来越致命,击打的方式越来越残酷时,他才渐渐感到这并不是一般的群众在打他！是有人借这个机会想整死他，至少也是想把他打得没了知觉……

他突然意识到一定要努力让自己保持清醒。

他唯一不放心的是，那辆红色奔驰轿车里的人此时会有什么行动。他努力抬头向前看了一眼，看到奔驰的车门很费力地被打开了，先是出来一双男人的脚，紧接着又是一双男人的脚，而后终于出来一双穿着高跟鞋的脚。他再次想把头抬高一些，然而也就在此时，只听得"嘭"的一声，眼前一阵火花乱冒，紧接着便感到一团团的红雾向他滚滚而来。

他下意识地捂住了自己的双眼，只觉得一股热乎乎的东西正从手心里止不住地冒了出来。

他努力地支撑着，坚持着，一定不能倒下，决不能倒下，一倒下抗击打的能力就会大大减退，而人也更容易受到伤害。一旦倒下，一切的一切就全都完了。只要不倒下，不昏厥，他就还有机会能把信息尽快传送出去。他必须把这里的情况告诉代英处长，越快越好。

四周拳打脚踢的频率和力度并没有减弱的迹象。

他一声不吭，也不喊，也没叫，也没有做任何争辩和理论，更没有做任何反抗。

他努力地护住自己的手机和手枪，他不能暴露自己。

他明白，此时此刻说什么也没用，做什么也没用。

他尤其明白，他不能说自己是警察。

他再次听见了自己胸前的手机在响……

第三十四章

罗维民默默地盯着眼前的赵中和。

看得出来，赵中和显得心力交瘁，但他依然同罗维民在僵持着。

尽管罗维民已经把单昆的态度告诉了赵中和，并一再地告诉他，如果没有正式的文件，没有两个以上的监狱领导在场，他是绝不会给他交接工作，更不会把武器库的钥匙交给他的。但赵中和却丝毫不为所动，仍然像看管犯人一样监视着他。

一直等到后来，大概是罗维民不断的问话让他感到不耐烦了，赵中和才对他说道，你什么话也别再对我说，我什么也不会再听你的，我现在根本就不相信你。既然你不想交接工作，那就老老实实地在这里待着。你不是要等文件，要等两个以上的领导在场吗？那你就等着。实话告诉你，领导们这会儿就在紧急研究你的问题，你清楚会有什么样的结果在等着你。

罗维民一听，不禁大惊失色。这么说，赵中和突然回到办公室，并且一遍又一遍地把他催了回来，原来是因为监狱的领导又被紧急召去开会去了！而且是研究你的问题！因为辜幸文被叫去开会了，所以赵中和才得以脱身回到了办公室。看来这是真的。赵中和的个性他清楚，说谎不说谎从他的脸上看得出来。

如果这个情况是真的，那么单昆是不是也被叫去了？

罗维民一回到办公室，就不断地跟科长单昆进行联系，单昆的手机一直没开，于是就连着呼了他三四次，要他立即回电话或者立即到侦查科办公室同他们当面对话，但将近四十分钟过去了，单昆没回电话，也始终不见人影。

下午单昆听到赵中和索要武器库的钥匙时，他曾显得大吃一惊而又震怒不已，当时就要赵中和立刻同他对话，这才刚刚过去了多长时间，怎么就连电话也不回，连手机也不开了？

他一直在猜测着单昆不回电话的原因，现在看来，他极可能是在开会。

赵中和之所以会踏踏实实地坐在这里，也确实是因为领导们正在开会。

不是说今天领导们都在外忙活不回来吗？怎么一下子全都回到了监狱，而且还是紧急会议，是研究他的问题的会议！

原因只有一个，他们的行动一定是被察觉了，被发现了！

看来魏德华他们已经处在了一种极度的危险之中！

他必须尽快地把这个信息传递给魏德华他们！

他急忙去了一趟厕所。

是一个露天厕所。赵中和只站在办公室门口，并没有跟过来，打远处目送他进了厕所，又目送他出了厕所。

赵中和不知道他身上有个手机，所以也就根本没想到他会在厕所里把这个信息转告了魏德华。

他一边往回走，一边想着自己下一步该怎么办。等走进办公室时，他终于想出了一个脱身的主意。他明白，他必须主动出击，等在这里等于坐以待毙！假如你的行为都是严重的"错误"，都是严重的"违法"行为，那么魏德华他们的行动自然也一样全是严重的"违法违纪"行为。因此他们也就会对这种"违法违纪"行为立即采取最为严厉的措施和手段,将他们毫不留情地一网打尽,进行拘禁!

很可能会是这样。连你都想到了,他们又如何会想不到!必须迅速出击!必须!

保护他们就是保护自己!而解救自己就必须首先拼力救援他们!

只有他们的行动成功了,完成了,自己才有可能得到一个清白。否则,任何一个闪失,都极有可能让你陷到一个永无出头之日的处境里去⋯⋯

⋯⋯

魏德华给远在省城的局长史元杰打完了电话,一边思考着,一边默默地观察着眼前紧张而有序的突审行动。

两个高敏度的录音机在同时运转着,讯问仍在继续着。

王国炎说话振动的强度早已大幅度减弱,口气也和缓了许多,连那些骂人的脏字眼也渐渐地消失了。

可能是累了,也可能是因为绝望。但看得出来,他的那种疯狂的、歇斯底里的情绪并没有真正消解。

魏德华明白,必须让这种情绪存在着。如果不存在了,王国炎也许就不会再回答问题了，而王国炎一旦拒绝合作，那么今天所做的这一切就只能是枉费心机，没有任何意义。

王国炎突然一声叫喊，把几个在场的人都吓了一跳：

"我饿了！拿吃的来！"

几个人面面相觑，全都愣在那里。

也不知过了多久，魏德华对技术科的小刘摆了一下手。

"由他，给他拿吃的。"

方便面，火腿肠，熏蛋，面包，炸鸡腿，矿泉水，顿时在王国炎的面前摆了一大片。

王国炎毫不客气，大口大口地吞吃着。不过你仍然看得出来，他正在思考着，谋算着。

猛然间王国炎又叫了一声：

"拿酒来！老子要喝酒！"

其实早就想到了这一点，还真带着酒。魏德华略一思索，再次摆了摆手："给他。"

半斤的酒瓶，王国炎一口喝了几乎近一半！

也就在此刻，魏德华突然从王国炎的眼神里看到了一种极度的绝望般的仇恨和豁出去了的残忍。

一种直觉在告诉魏德华,如果他没有猜错的话,王国炎很可能要真正开始交代了……

罗维民一回到办公室,并不说什么,拿出笔和纸,伏案疾书,不到一个小时,便写出了内容完全一样的两份紧急举报材料。

一份写给古城监狱监所检察室,一份写给古城监狱纪检委并转省监管局纪检委。

紧急举报!

我叫罗维民,系古城监狱侦查科侦查员。现有一重大违法违纪,违反监规,极可能将要造成重大事故和险情的恶劣行为特向你们紧急举报!

9月9日下午,我在处理一起一名服刑人员重伤致残另一名服刑人员的案件中,发现这名三大队五中队叫王国炎的服刑人员不仅有再次行凶的可能,而且还发现其有重大余罪的嫌疑。

几天来,经过进一步侦查和核实,我在该服刑人员身上找到了更多更大的疑点和问题。尤其是在他的言谈中和在跟他有关的一些证物上,发现他不仅同多起特大罪案有关,同时还极有可能通过种种手段越狱潜逃和进一步实施犯罪的危险。他表面上装疯卖傻,暗地里则在进行各种准备,并且还明目张胆地在其他服刑人员面前煽风点火,散布各种极端仇视国家和政府的反社会言论。出于一个侦查员的责任心和职业的敏感,我把我所发现的这些情况和问题,立刻紧急报告给了古城监狱的各级领导。

然而万万没想到的是,这一危及到古城监狱以及国家和人民生命财产安全的重大案情,不仅没有得到有关领导的重视和警觉,反而使得案情朝向更加危险的方面发展。

监狱有关领导对这一案情出人意料的敷衍、推诿、漠视、拖延,甚至有意遮掩、隐瞒、抵制和庇护等行为,让我感到了深深的不安。我个人认为,这种种行为暴露了古城监狱在管理方面所存在的严重隐患和漏洞;暴露了一些领导由于严重的官僚主义而导致的重大失职行为;同时也暴露了古城监狱那些同犯罪分子有着种种关系的混在我们队伍里的敌对分子的卑劣行径。

鉴于这些原因,在万般无奈而事态发展又越来越紧急的情况下,尤其是为了能尽快把王国炎所犯余罪的嫌疑了解清楚,按照监狱侦查条例,把王国炎在狱中讲出来的那些大案要案的线索汇报给了市公安局，请求予以协助侦查。

这一情况立刻引起了市公安局和地区公安处的高度重视和强烈关注，市局的有关领导立即多次给古城监狱的领导联系和接触，要求对王国炎的这些情况予以进一步侦查和突击讯问，但都遭到了监狱领导的抵制和拒绝。尤其让人难以理解的是，一方面，他们居然在如此严峻急迫的情况下，竟然批准了让王国炎出狱治病的申请和手续，准备让这样一个极其危险的服刑人员在近期内出狱看病。另一方面，他们对我个人的这些行为却大加挞伐，严加指责，特别是在今天，他们竟发展到以组织的名义对我进行了"停职检查，听候处理"的处罚决定。更有甚者，他们竟然派人对我实施了24小时不间断的看管和监控，不仅要我立刻停止一切工作和活动，甚至要我马上交出监狱武器库的钥匙！事实上我已经被强行剥夺了人身自由和工作权利！

我个人认为，两天内所发生的这一切，绝不是一般的工作失误，根本就是一场有目的、有计划地欺骗组织、欺骗国家、欺骗人民的渎职和犯罪行为！

我是一名侦查员，又是一名国家公务员。在国家和人民的利益将要受到侵害的时候，我绝不能袖手旁观，无动于衷。哪怕是承受更大的打击和陷害，我也毫不动摇！

为此，我紧急向你们举报并向你们呼吁，立即制止他们！并能尽快派人查清事实真相！

举报人：古城监狱侦查员罗维民

9月12日晚9时于监视之中

罗维民写完誊完，又细细看了一遍。觉得该说的都说到了，同时也没暴露了别的什么。尤其是对今天晚上的行动，他更是一句也没有提。其实他急急忙忙地赶写这两份东西，最主要的目的就是要吸引他们的注意力，或者说就是要把这件事挑明了，公开了！因为这样遮遮掩掩地跟他们兜圈子，只能有利于他们！一旦挑明了，公开了，说不定就会像突然见到亮光一样，所有的那些见不得人的魑魅魍魉都会被吓得立即逃开。而自己现在其实只需要几个小时的时间，只要这几个小时不出什么大问题，魏德华他们对王国炎的突击讯问能顺利地进行完毕，那他的目的也就完全达到了。

主动出击，把自己的行动变成明的，让他们的行动成为暗的，既打击了他们的嚣张气焰，又能有效地保护自己……

事实上，他也只能这样做了。说是举报信，其实是告状信。也许日后等待着自己就是这样的一条遥遥无期的上访之路。在现如今的社会里，上访告状只是弱者的表现。只有那些没有权力，没有自我保护能力的人，才会写这样的材料来向上级讨还公道和保护自己。

等到罗维民看完准备出去时，突然一个发现不禁让他惊呆在了那里。在他眼前一直坐着监视着他的赵中和，竟然靠在沙发上睡着了！

在荧光灯下，赵中和的脸色显得更加苍白而憔悴。眼袋突出，眼圈发黑。看得出来，他累极了，也困极了。

罗维民突然意识到，其实赵中和今天同他见面时，他就显得极为疲惫和困顿。尤其是脸色极差，口气生硬，甚至连思维和反应能力都有些迟钝。

罗维民知道赵中和很累，昨天连夜从省城赶回，孩子的病，机关的事，特别是昨晚又睡得那么晚……

但赵中和是昨天晚上十二点离开他的，他当时说过，他很累，一定回去好好睡一觉。今天他们再见面时，已经是在中午十二点以后了。这中间至少有整整十二个小时，如果他真的是在睡觉的话，那他绝不会困成现在这个样子。唯一的一个解释就是，在这十二个小时里，他并没有睡觉，如果不是这样，像他这样一个体质这样一个年龄的人，而且是在执行这样的一个重大"任务"时，竟然会昏睡在了这里！看来在这十二个小时里，他不仅没有休息过，而且还很有可能是在一种极其紧张，极其劳神，压力极大，情绪极其糟糕的情况下度过的。

那么，在这十二个小时里，他都去了哪里？他都做了什么？

是不是在他心里，并没有把你当成有什么严重问题的人，他也许只是在例行公事，也许只是不得已而为之，甚至只是在做做样子让人看？

王国炎在他的日记里说了，折磨和逼迫他的那些人里头，有三大队的教导员傅业高，有五中队的程贵华，还有内勤的一些人。如果这几个人确有问题的话，除了他们还会有谁呢？绝不会仅仅只是这么几个人。能让他在这么短的时间里大幅度地减免刑期，能让他在监舍里随随便便一次性地接待那么多客人，能让一个服刑人员在警戒森严的国家监狱里生得如此奢侈阔绰，飞扬跋扈，如果仅仅只是这么几个人的话，那我们的国家专政机关的防护能力和监控能力也就太差太弱了。

那么,眼前的这个赵中和究竟会是个什么人呢?

罗维民此时已顾不得多想,他并不想一个人悄悄走掉,于是写了两句话放在赵中和眼前的茶几上。赵中和确实睡得很沉,临走时,他把另一张沙发上的沙发巾揭下盖在赵中和身上时,他居然都没动一动。

罗维民在条子上写了这么几句话:

小赵:

我先到大楼会议室去找领导,然后到监所检察室报告情况,你醒来后可在这两个地方找我。

我有个问题要问你,请你见到我时回答我,你为什么会累成这样?昨天晚上你究竟干什么去了?

还有,我刚才给你盖沙发巾时,发现你连枪也没带,你是把枪丢在家里了,还是放在什么地方了?

一个侦查员,在监狱里执行任务时居然连枪也不带,你知道这是什么性质的问题吗?

请你如实回答我。

罗维民晚10时25分

罗维民一走进监狱办公大楼小会议室的楼道里，就听到了会议室里竟然一片嘈杂声。具体地说，是一片争辩声和吵嚷声。罗维民有些茫然地站在小会议室门口，一时间竟不知道自己究竟该不该走进去。在将近午夜的办公大楼里，这种争辩声和吵嚷声显得格外刺耳而又令人惊愕。在罗维民的记忆里，一个单位的高层领导班子在开会时，能争吵出这么大的声音来，还几乎没有过。隐隐约约的，似乎是有关监狱法规的问题。一直听到有人说出了他的名字，他才终于听清楚了里面争吵的事由竟然是应该不应该立刻对他实施监视审查等强制措施！

原来真是这样！

这就是说，对他实施监视和审查的决定监狱的领导们在这之前并没有研究过。而现在的会议则是为他们的行为弥补一个合法的依据。这就是说，今天赵中和对他实施的这一切举动，其实都是非法的，都只是某些人个人的意志和行为。

看来他来得还真是时候。

本来他还想再听听究竟是哪些人在争辩，同意的都是谁，不同意的又都是谁，但一种直觉在告诉他，他不能再这么站在门口，偷听领导的会议本身就是一种严重违反纪律的恶劣行为。还有，如果在这个会议上一旦通过了对他的这些强制措施，那么所有的一切就全都倒了过来，他们的行为就全成了合法的行为，而你自己以前所有的行为就都成了违法乱纪的行为。最要命的是，自己的行为一旦被定为非法，那魏德华他们现在的行动也就一样全都成了非法行为，那他们真的立刻就会处于一种极为危险的境地！

他似乎是不由自主地推了一下大门。

他感觉到自己并没有使劲，但会议室的门还是"咣"的一声被打开了。等所有的人都看清楚了突然闯进来的是什么人时，会议室里的嘈杂声就像一架轰响的发动机陡然停息了一样，就像一台通亮的明灯突然熄灭了一样，整个会议室里顿时陷入了一片死寂。

魏德华示意小刘小吴做好录音和记录准备后，对五中队指导员吴安新点了点头，表明对王国炎的讯问可以重新开始了。

主要讯问人这次由魏德华自己来担任。

魏德华：王国炎，你现在的感觉怎么样？

王国炎：好多了，脑袋不疼了，脑子也清醒了。

十面埋伏（节选）

魏德华：你知道我是谁吧？

王国炎：你不说你叫魏德华吗？市公安局的刑警队长，知道。

魏德华：还是那句话，你对我们的讯问有权保持沉默，也有拒绝回答问题的权利。但有一点你必须清楚，你今天对我们所说的这一切，都将成为你新的供证。既然你的脑子是清醒的，我想这一点你也应该清醒。

王国炎：废话。我的脑袋长在我的脖子上，用不着让你为我操心。我知道我该怎么做，我对我的所作所为全权负责。

魏德华：既然这样，那我们还得提醒你，你对我们的问题要如实回答。在回答中如果有什么想不通的地方，也随时可以向我们反映。

王国炎：知道。

魏德华：你能把你过去没有交代出来的罪行重新交代出来吗？

王国炎：可以。

魏德华：你现在可以回答问题了吗？

王国炎：可以。

魏德华：你能如实谈一谈1984年红卫路"1·13"银行抢劫杀人案吗？

王国炎：可以。

魏德华：那你就彻底交代吧。

王国炎：好吧。

一阵沉默。

王国炎：我首先要告诉你们的是，"1·13"那个案子的主谋并不是我。那时候我还是个小卒子，顶多他妈的就是一个不知道啥叫死的过河卒子。人是我杀的，事情是我干的，但策划人，妈的，就是现在的主持人吧，也就是你们常说的主犯，那并不是我。

魏德华：这个主谋策划人是谁？交代一下他的详细情况。

王国炎：他叫姚戳利，是我初中的同班同学。后来我上了高中，他插了队。我们一直没有中断过联系，再后来他当了民办教师，又转成公办教师。1980年调回省城，在市针织厂保卫科上班，那时候我已经被部队开除回来当了司机。他同父母关系一直不好，因为男女关系问题还被处分过，我呢，他妈的也一样挨过人家的整。惺惺惜惺惺，狗熊爱狗熊,两个人谈得来,脾气也合得来。他有事找我,我有事也找他。我们差不多每天都泡在一起。有一天,他拿来一样东西让我看,把我吓了一跳。

魏德华:什么东西?

王国炎:妈的,一支枪。一支手枪。

魏德华:什么型号的手枪?

王国炎:一支国民党打内战时留下来的手枪,跟那种勃朗宁手枪差不多,我也弄不清那是什么型号。

魏德华:有子弹吗?

王国炎:有10发子弹,在涂着黄油的油纸包里裹着,其中三发已经生锈了,我们试了一发,还能用。

魏德华:这支枪是从哪儿来的?

王国炎:姚戬利说他下乡插队时当过民兵队长。他说这支枪是当时因为有人告密,他在一个上中农成分的农民家里抄家时抄出来的。这个农民被吓得上吊自杀,那个告密的也被吓得得了精神病。姚戬利说当时他觉得好玩,而且当事人也都死的死了,傻的傻了,所以他就悄悄藏了起来。后来回城时,他又带了回来。

魏德华:你见到这支枪时,姚戬利用过它没有?

王国炎：用过！妈的，直到见到这支枪时，我才知道姚戬利这小子原来是个玩枪的高手！他还用这支枪打过猎，他说心里闷了的时候，就跑到庄稼地里往井里打枪。原来有三十来发子弹，都让这小子给打着玩了。他说这支枪比他们民兵队里哪支枪都好使，比那些步枪、半自动步枪，甚至比机关枪还好玩。妈的，就是因为这支枪，才让我们干了这么多惊天动地的案子。

魏德华："1·13"银行抢劫案用的也是这支枪吗？

王国炎：那倒不是，"1·13"我们用的是五四式手枪。

魏德华：这把五四式手枪是哪儿来的？

王国炎：是姚戬利从他们保卫科拿来的。

魏德华：继续往下交代。

王国炎：其实"1·13"是很久很久以后的案子了，再往后，因为那把手枪没子弹了，也就没什么用了。

魏德华：用那把手枪作过几次案？

王国炎：多了！让我想想，至少也有三四次。原来也没想过用枪打人的，有一次实在跑不了了，于是就开了枪，一下子打伤两个，打死一个。从那以后，就开始用枪了。

魏德华：你跟姚戬利一块儿作过几次案？

王国炎：多了，刚开始那几年，就我们两个在一起作案。后来他调了工作，就不多干了，只在幕后指挥，除非有大行动。那小子有点子，脑子好使得很。

魏德华：还是从"1·13"这个案子上交代吧。

王国炎：我说"1·13"他是主谋，可不是我推卸责任。第一，枪是他给的，子弹也是他给的。第二，他当时说他急需一大笔钱，必须在春节前把这笔钱弄到手。第三，时间、地点，都是他一手敲定的。好几百里呢，我们当时哪会知道在这个地方会有这么一个银行？他还给我们画了一个详细的地图，大门在哪儿，保卫在哪儿，银行是个什么样子，值班的在什么位置，保险柜又在什么位置，他都给我们讲得清清楚楚。而且这小子他还知道那天要开万人公判大会，公安的注意力肯定不会在这儿，你们只管放心大胆地干就是。

魏德华：这么说，抢劫的地点是他预先侦查过的？

王国炎：妈的，他根本就不用在这儿侦查，这个地方他熟得很，他的亲姨妈一直就在这个银行工作。姚戬利家庭不和，从小就常在他姨妈这儿住。他几乎就是在他姨妈这儿长大的，从小就在这个银行里进进出出，你想想他能对这儿不熟悉？

魏德华：你的意思是不是说，是他指使你们抢劫了他姨妈工作的银行？

王国炎：什么意思不意思的，根本就是！千真万确的就是！

魏德华：他姨妈当时在银行干什么工作？

王国炎：他姨妈大大小小好像还有个什么职务，对了，营业部主任。

魏德华：……营业部主任！他姨妈叫什么名字？

王国炎：这我一说你们大概就清楚，他姨妈叫周娟，就是现在省城那个大名鼎鼎的人物，省委常委、市委书记周涛的姐姐……

魏德华：……周娟！周娟是周涛的姐姐！

王国炎：哈哈哈哈……没想到吧！一点没错，周娟就是周涛的姐姐！那时候周涛还是个在外省工作的小人物，你们大概早就把他给忘了。现在这个周涛可是发达了，姚戬利那小子要是早知道他舅舅这么有出息，能当了省委常委、市委书记，说不定那时就不会让我们来这儿抢银行了，哈哈哈哈……

魏德华：……周娟！难道是姚戬利派你们来这儿杀了他

的姨妈？

王国炎：哈哈！挺聪明呀！看来你总算想明白啦！完全可以这么说，就是他指使我们到这儿来杀了他的姨妈！不过他当然不是有意的，事后姚戬利那小子鬼哭狼嚎地要跟我们拼命，我跟他说了，这他妈的能怨我们吗！我们他妈的咋能知道你姨妈就在那个银行里头！你他妈的事先也没给老子说你姨妈就在那个银行里工作！你要是早说了，我们他妈的能到那儿去抢钱吗！后来他才给我们说，他原本算好了的他姨妈那天不值班的，结果没想到偏是在那天值班，更没想到他姨妈为了公家的事，真的是连命也不要了……现在想来，也真是老天有眼，老天有眼呀！哈哈哈哈……

魏德华几个似乎全都被王国炎交代出来的情景惊呆了，一个个都傻愣愣地看着眼前这个仰天大笑，活像疯子一样的服刑人员……

名家点评

《十面埋伏》所描写的,是在我们的共和国里,公安干警不畏艰险、不怕牺牲、前仆后继地与一个带有黑社会性质的犯罪团伙展开的殊死搏斗。小说开始时,只是在古城监狱内部,按惯例,要调查服刑人员王国炎严重殴伤同号服刑人员的事件。透过种种异常现象,狱侦员罗维民意外地发现,王国炎正是公安部门多年来一直未能侦破的1984年"1·13"大案的疑凶,他现在伪装成精神病人,酝酿着可怕的阴谋。因为得不到监狱领导的明确支持,罗维民向战友、现任市公安局副局长魏德华求助。随着侦破工作的进展,一步步发现这里案中有案,案案相套,竟牵出来一个跨地区的"盘根错节的通天大案"。

它作为一部公安刑侦小说,故事曲折有致,山重水复,悬念不断,使人读来有欲罢不能之趣;而情节紧张,节奏急促,密锣紧鼓,常有情急事险之处,简直逼得人透不过气来。小说还运用了不少心理描写,不仅强化了紧张的气氛,成为推动情节发展的一个因素,还展现了人物的内心世界,在刻画人物性格的同时,扩大了小说概括的社会内容。不过……这终究还是属于艺术技艺层次的东西，还不是艺术创作深层的核心的内质……笔者认为，更值得珍重、更值得称道的，还是他那忧国忧民的情怀。如果没有这种情怀，他就没有像现在那样对生活深刻而独特的体验和发现，就没有他像现在那样强烈的政治激情和创作激情，也就没有他像现在那样通过对罗维民、何波、施占峰、王国炎等艺术形象的成功塑造而成就的艺术创新，当然，小说也就谈不上像现在那样使读者引起强烈的共鸣和深刻的思考了。

太湖世界文化论坛主席，四川大学名誉教授　严昭柱

如果说，张平在《法撼汾西》和《天网》中是批判地方黑恶势力，那么，在《十面埋伏》中则是揭露政府中的腐败分子与具有黑恶性质的团伙相互勾结、沆瀣一气、祸国殃民的罪恶事实。杀人凶犯用抢劫的沾满人民鲜血的钱财收买党内腐败分子，而这些腐败分子又成为这些罪魁祸首的保护伞。有的凶犯甚至成为掌握着凶杀大权的公安分局的副局长。他们构建的反动营垒布满各处，甚至有自己的企业和武装，有恃无恐地与人民对抗。而与这些犯罪分子有密切关系的有狱政科长、监狱长，有市政法委书记和省人大常委副主任等从下到上的众多官员。他们有的被犯罪分子所驱使，有的公开袒护、包庇犯罪分子。这些黑恶势力的血腥暴行令人发指，而我们的权力机关甚至公安机关腐败到如此严重的地步令人触目惊心。正是由于我们党内的腐败势力的滋生蔓延，才使得社会上的黑恶势力兴风作浪。我们必须遏制和清除腐败，才能实现改革开放的初衷，保证国家和社会的安全。

张平的创作在于他逼近现实生活，更在于他贴近人民群众的情感。他常常这样诘问自己："在这片大地上，人们为什么常含泪？"正是这种与人民同忧共难的深切忧思促使他对社会矛盾予以深刻的揭示和无情的剖析。尤其是对中国20世纪末最大和最敏感的腐败问题症结的省察与批判。他在接触了大量的事实后发出振聋发聩的呼喊："改革的阵痛，绝不是把痛苦和磨难留给广大的老百姓，而让少数改革投机者为所欲为。我想用一些触目惊心的事实告诉人们：腐败的本质就是权力的滥用。"

唐山师范学院中文系教授，唐山作协副主席　　杨立元

张平创作谈：

　　我承认我的作品没有把语言结构细细打磨得很精致，但我认为现实题材，要想写细了很难。也许正是因为这种粗糙，才让人感到震撼，感到猛烈，感到真实。到底什么是艺术性？我想艺术手法最大的目的就是增加作品的感染力，在有些时候，看似粗糙的东西，看似原汁原味的东西往往更能打动人，感染人。在感染力和所谓的艺术性之间我愿意选择前者。

　　任何一个作家下笔之前，对他的作品写给谁看的潜意识里都有一个定位。就我的作品而言，我首先看重作品的社会性，就是要把它写成一个好读好看的作品。如果更看重语言的优美、体现深刻的哲理，写读者能够慢慢去品味的作品，我不会选择现实主义这种题材和手法。

　　在一个高速发展的社会里，人们很难静心欣赏一部文学作品。除了文学专业的学生和评论家外，现在很专业的读者并不多。阳春白雪的作品，是很难走近大众的。如果我们所有的作家都不去关注普通读者，就会让当下一些我们嗤之以鼻的作品充斥市场。我认为很多作家有才华、有水平，文学功底深厚，对社会的剖析非常犀利，应该从象牙塔中走下来，走到普通读者中去，走到被我们放弃掉的这个巨大的市场空白当中去。

需要说明的是，《国家干部》并不是一部官场小说，因为它描写的不是官场，而是干群关系。在当今中国，经过四十多年的改革开放，已经积累了各种各样、越来越多的社会矛盾，但最主要的矛盾则还是干群之间的矛盾。在一些地方，干部阶层已经形成一个同民众严重对立的既得利益群体。面对这个问题更多的不是来自个人的思考，而是来自于活生生的社会现实。

长篇

国家干部（节选）

六十

凌晨四点，夏中民突然被一阵急促的敲门声惊醒了。四五个浑身上下都湿透的居委会老干部，一个个满脸焦虑地站在门口，其中一个慌慌张张地说道："夏市长，不好了，雨太大了，我们向阳小区的四栋危楼都出了问题，看来必须马上动员住户们都搬出来。另外，还得赶紧找到能临时安置这些住户的地方。夏市长，我们想来想去，这么大的事情，只有你亲自出面才能得到解决。"

夏中民一边找雨伞雨鞋，一边问道："四栋楼房一共有多少住户？"

其中一个答道："可能有二百户左右，人口大约有九百多。"

夏中民一边穿着雨鞋一边说："马上给教育局马局长打电话，就说是我说的，让他立刻通知下面，用最快的时间，腾出两所学校来，然后再马上给城建委高育红主任打电话……"

也就在此时，夏中民突然愣住了。

你在干什么？一个连委员都落选了的干部，还有什么权力指挥这些局长主任？

那么，眼前的这几个居委会的干部呢？看着他们万分焦急而又忧心忡忡的样子，想必他们并不知道他已经落选了。否则，他们绝不会在此时此刻再来找他。

夏中民倒吸了一口冷气，低下头顶着风雨用力地向前走去。

一直到上午十一点左右，才算把四栋危楼里的住户一个个紧急护送到了附近的两所学校里。

天气渐渐放晴，气温又开始变得沉闷起来。此时此刻的夏中民满脸紫青，浑身是泥，两只雨鞋里，全都灌满了泥沙。他找了个干净点的地方，拿了一份盒饭，慢慢地吃了起来。

吃了没一半，浓浓的困意便阵阵袭来。算了算，已经连着好几天没好好休息了，他靠在一个桌子上，一下子就睡着了。

就好像只眨巴了一下眼睛的工夫，猛地一下被惊醒了。

眼前站了这么多人！居委会的干部群众，还有那好几百刚刚转移出来的危楼住户！黑压压的，一眼望不到头！

还是那几个居委会干部，其中一个女主任一边流泪一边说道："夏市长，太对不起了，我们一点儿也不知道昨天党代会上的事情……"

还没等夏中民站起来，司机小刘急急忙忙挤过来说，市政府大院里已经聚集了上万群众。另有好几万群众已经包围了党代会驻地，而且越聚越多。

刚刚选出来的市委班子，还有全体市委委员，包括所有的工作人员，此时都僵坐在会议室里，没有一个人说话，也没有一个人走动。

驻地会场外几万人的喊声，骂声，呼号声，震耳欲聋，惊天动地。

不时还有人向会场的大门和窗户上扔瓶子，扔水果，扔西红柿，扔可乐罐子……

汪思继脸色铁青，坐在会议室里间的一个小屋子里正打电话。他正在给昊州市委汇报，要求昊州市委立刻通知防暴大队和武警部队前来紧急增援，否则后果将不堪设想！

最让他感到可怕和担心的是，原本由他安排的那些电台、电视台和报社的记者们，此时都走上了街头，走进了人群！

江阴区和江北区的数万农民，也许更多，正向嶝江市区赶来！市政公司和城建公司的两万多名工人和民工也正在向市区赶来！出租车从上午十二点开始，全线罢工！环卫局的上千名环卫工人也已经全部罢工！市公交公司的十八条公交线全部中断！目前聚集在党代会驻地和市委市政府门口的人数已接近十万！

汪思继有些吓呆了似的怔在那里，他做梦也没想到，情况骤然会变成这样！

昨天晚上他已经连夜布置好了一切：今天中午开完第一次全委会后，要举行一个庞大的记者招待会，而后还要举行盛大的庆祝活动！

夏中民的落选，对他来说，是空前巨大的胜利！他必须要让夏中民在一片欢庆声中灰溜溜地离开嶝江！

尽管这一切遭到了陈正祥的反对，但此时此刻的陈正祥已经失去了控制权。陈正祥这个名义上的市委书记已经没有办法来制约他了。

权力正迅速向他集中，在嶝江这个地方，已经没有敢向他挑战的力量！

一切都异常顺利，他体验到胜券在握、踌躇满志的微醺是那样的惬意。

然而他没有想到，一切的一切，竟会在这一瞬间变成了这样！还没等上午的全委会开完，这一切的一切，就被好像是突然从地底下冒出来的庞大的人群给搅黄了！

消息之快，动作之大，人众之多，反应之凶猛，情绪之激越……

竟然像雪崩一般向他压来，惊恐之下，他感到到手的权力竟然这么脆弱！

好不容易踏上了权力的巅峰，却猛然发现自己竟然坐在了火山口上！

在完全失控的情势下，所有的权力似乎全都失去了，不

国家干部（节选）

存在了。

马上就会有十几万人聚集嶝江，而且会越来越多！

即使调来再多的武警和公安，面对着如此庞大的人群，又将如何，又能如何？事到如今，他该怎么办？

六十一

吴盈、刘景芳、于阳泰，还有陈正祥，此时坐在另一间屋子里，紧急商量着下一步该怎么办。

吴盈的脸色严厉得让人恐怖："正祥同志，你是不是从来都没有意识到会发生这样的情况？"

陈正祥有些结结巴巴地说："其实前天晚上，我也想到可能会出事……但是……"

吴盈猛地打断了陈正祥的话："但是什么！你是市委书记兼市长，你的判断正确与否将会影响到整个政局！你知道不知道现在的局势会给党和政府造成多大的负面影响！"

陈正祥万分痛苦地说道："吴书记，这确确实实是我一生中最严重的失职行为，我请求组织对我做出最严厉的处分……"

吴盈再次猛地打断了陈正祥的话："处分！说得轻巧，你想过没有，用什么样的处分才能挽回这样的损失？"

陈正祥表情沉重地说："吴书记，你说得对，即使撤了我，开除我的党籍，也挽回不了对组织的恶劣影响。不过我想，现在要让群众情绪能安定下来，第一个举措只能是我的公开辞职。"

刘景芳此时说道："陈书记，到这种时候了，你这样做，岂不是给组织添乱？现在关键的关键，不是你的辞职，而是你应该立刻负起责任来，想办法安抚群众的情绪。"

陈正祥沉思了片刻终于说道："我建议马上紧急召开常委扩大会议。以市委常委扩大会议的名义，立刻向群众宣布，这次党代会的选举存在严重失误和问题，市委立即进行严肃调查。对导致党代会选举出现失误的直接责任人，严肃处理……"

吴盈说道："你还忘了一个最关键的问题，那就是如何给群众回答夏中民的问题！"

陈正祥说："吴书记，夏中民的去留问题，并不是我这一级组织能够决定的……"

没等陈正祥说完，吴盈便说道："你不要有这个顾虑，我刚才已经和刘景芳部长商量过了,而且也征求了魏瑜书记的意见,昊州市委现在可以给你这个权力!"

刘石贝给汪思继连着打了几遍电话才算打通,一打通刘石贝就直言不讳地说道:"思继呀,我知道你很忙,但我还是要提醒你,在目前这种情况下,你一定不能手忙脚乱。"

汪思继有些焦躁地说道:"刘书记,你不在现场,感觉不到情况实在太糟糕了,需要应付的事情也太多了。"

"思继,听说你们立即就要召开市委常委扩大会,而且扩大会前先要召开书记碰头会,是不是这样?你想过没有,为什么要在这会儿突然召开常委扩大会?常委扩大会上,陈正祥他们最可能提出的问题是什么?"

汪思继愣了一愣:"你是说,可能提出夏中民的问题?"

刘石贝反问道:"不是可能,而是肯定!而且还要提出党代会选举的问题。然后你再想想,这两个问题提出来后接下来还会是什么问题?"

汪思继似乎被刘石贝的推断惊呆了。

"有这么多问题,那还不要追查吗?"刘石贝似乎真的生了气,"你到现在了怎么还这么糊涂?一旦常委扩大会做出上述决定，肯定要一查到底。到那时你这个副书记岂不成了万恶之源？"

汪思继好像终于醒悟了："刘书记，我明白了。"

"你要先发制人，懂吗？"

"先发制人？"汪思继问，"先提出什么？"

"第一，你要给眼前的事态定性，定调子，明白吗？这是有人在借机煽动群众闹事！甚至可以说是一个破坏社会稳定，损害党的形象的政治事件！第二，作为党的一级组织，绝对不能容忍这种事件发生。

"这是在向党的权威挑战，是在向人民的权力挑战！对此一定要上纲上线，在这种煽动群众闹事的背后，隐藏着的是敌对势力自由化、大民主的动乱因素。一定要让大家清醒地认识到，这种情况如果任其发展下去，不仅会在嶝江，而且会在全省全国产生极为恶劣的影响！第三，在这个基础上，一定要让大家统一认识，必须追出煽动群众闹事的幕后黑手。你要把矛头直接指向夏中民，要让大家清楚，造成这种大规模社会骚乱的源头，就是以夏中民为首的那么一帮人！第四，等大家统一了认识，马上以组织的名义给昊州市委和省委汇报情况，要求上级对夏中民这些人立即采取果断措施。你一定要向组织上做出保证，只要夏中民离开嶝江，事态马上就会平息。否则事态只能越来越严峻。"

汪思继沉默了好半天才说："问题是，如果陈正祥他们坚决反对怎么办？"

刘石贝像是打气似的说道："一旦你把问题提到反党反社会主义的高度，还有什么人敢反驳你？记住，不论在任何情况下，都要把自己摆在组织的位置上。在中国，还没有什么人敢轻易否定组织的行为！退一万步说，如果在常委扩大会上确实有阻力，那也没关系，你一定要想办法把会议无限期地拖下去，时间拖得越长，对你就越有利。我听人说还有人向会场扔石块，扔瓶子，这些对你都太有利了！而后你连夜写出一份情况汇报，让齐晓昶盖上市委的公章，马上分发给昊州市委和省委，必要时，还可以直接呈报中央各级领导。中国这么大，又有这么多领导，只要有一个领导批示下来，事态立刻就会急转直下……"

六十二

凌晨一点多了，夏中民仍然毫无睡意。

成百上千的群众，就坐在他的公寓门口，坐在楼道里，坐在政府大院里，他们担心夏中民会从公寓的后面被什么人接走。每逢看到这些，听到这些，夏中民总是止不住地热泪盈眶。自己究竟做了什么，值得老百姓这样对待自己！

他甚至还听到人说，各个媒体的记者，还有一些党员干部，正在挨个地走访那些党代表，询问他们究竟为什么要把夏中民选下来？到底是哪些人投了反对票？群众说了，这些人都是嶝江的罪人！

党代会的代表们，此时此刻，成了人们质疑的对象！

刚开始时，是人们在劝慰夏中民；而现在，则是夏中民在劝慰这些干部和群众。

他不断地给清运队和清扫队的工人和干部打电话，不断地给建筑工地的工人和经理打电话，不断地给各地的公安干警和领导打电话，要他们千万不要停工停产，一定要好好工作，好好值勤，维持好嶝江的社会治安和社会环境……

清扫队长在电话里说："一听说你落选了，大家就像天塌了一样，不是不想干活，实在是干不成呀。夏书记，既然你这么说了，我们就听你的……"

覃康从医院打来电话道："中民，你为什么要阻止我去参加选举？你以为你的落选只是一个人的事吗？你一定要听从大家的意见，绝不要离开嶝江！只要你能留在嶝江，老百姓就有希望。"吴浞云和省报的一个记者，一直在密不透风、黑压压的人群中挤来挤去。昨天下午党代会闭幕后，他连续采访了三十多个代表。其中有位代表还告诉他事先有人给了他两千元，让他别投夏市长的票……

三千多字的稿子，整整写了近六个小时。他斟酌了一遍又一遍，反复写了一遍又一遍。幸运的是，这次写稿，是他多年来干扰最少、打搅最少的一次。

在不到十几个小时的时间里，魏瑜同在吴州市里的市委常委们已经开了两次临时会议，并把嶝江的情况不断地汇报给省委有关领导。

当天晚上九点左右，省委也召开了常委紧急会议。

魏瑜一直在等省委常委会的消息。一直等到十二点十分，电话铃声才猛地响起来。

是省委常务副书记高怀谦打来的电话。

"常委会十一点多就结束了，刚才我和彭涛副书记，于建华部长一起跟郑治邦书记谈了将近有一个小时。"高怀谦嗓音略显沙哑地说道，"魏瑜呀，嶝江那面的情况怎么样？"

魏瑜回答说，"人数还是很多。"

"估计会有多少？"高怀谦问得非常细致。

"估计会超过二十万。"魏瑜小心翼翼地说，"据我了解，明天远郊的农民将会大量涌入市区，还有今天没有停产的大批产业工人。另外，民营企业的经理们似乎已经统一了行动，明天将全部停工停产，他们主动要求员工全部上街。"

高怀谦在电话里久久地沉默着，也不知过了多长时间，高怀谦又问道："还有别的情况吗？包括你们估计到的。"

"据比较可靠的消息，明天可能会有几千嶝江人，也可能会有上万人，专程到昊州市委市政府门口请愿。"魏瑜轻轻地说道，"据嶝江方面的估计，也许还会有嶝江的群众到省委去请愿，人数最少也会有数百或者上千人。"

"那嶝江方面呢？嶝江市委到现在还没有做出什么举动？"

"由于一个小时前突然停水停电，嶝江市委常委扩大会被迫中断，直到现在仍然没有做出任何决定。"

"会议争论得很激烈？"

"是。"

"争论的焦点是什么?"

"有人认为群众的请愿是非组织的违法行为,要求吴州市委和省委立即做出决定,对这一行为的幕后策划者进行严肃处理……"

高怀谦听到这里,猛地打断了魏瑜的话:"好了,不要说下去了!吴盈和刘景芳还在嶝江吗?群众还没让他们出来吗?"

"群众说了,出来可以,但要给群众一个答复。"

"那就是说,直到现在,他们还没有给群众任何答复?"

"是。"魏瑜顿了一下说,"在目前的情况下,大家都在等上级的决定。"

高怀谦突然愤怒地嚷了一句:"这是在推卸!到现在了,仍然在一级推一级!所有的责任都是上级的责任,于是任何人都没了责任!但没有个人的责任,那还有组织吗?好了,一会儿让吴盈直接给我来电话。"

"是。"良久,魏瑜才问道,"高书记,我还是想问,下一步我们应该怎么办?"

高怀谦沉吟了一下,放缓语气问道:"你为什么不问我省委常委会的决定?"

"……高书记,我不知道该不该问。"

"那我就告诉你,明天上午省委组织部和省委纪检委将组成一个联合调查组,马上进驻嶝江。如果明天你们和嶝江方面还是拿不出解决的办法,还是平息不了群众的情绪,那么后天,省委书记郑治邦,纪检书记彭涛,组织部长于建华,还有我,都一起到达嶝江,郑治邦书记要直接同群众对话……"

六十三

省委书记郑治邦到了离省委门口不太远的胜利街林业厅招待所时,已经是晚上十点多了。

尽管昨晚已经知道嶝江的群众可能会来省委请愿,但到今天上午请愿群众如期而至时,人数之多,规模之大,还是让郑治邦深感震惊。

特别让人吃惊的是,这些人中,有很大一部分竟然是外地在嶝江打工的民工、下岗职工和待分配的大中专毕业生。其中竟然还有几十个残疾人和一个濒死的危重病人!

他们竟然都是专程来声援夏中民的!

有一条横标足有十几米长,上面的大字歪歪扭扭,刺眼夺目:

郑书记,请您为嶝江的百姓留住党的好干部夏中民!

夏中民,一个市管干部,作为省委书记,他并不是不了解。但根本没想到这个名字在老百姓中间竟会这么响亮!

就在几天前,他还做过一个有关嶝江市副市长夏中民侮辱工人的批示:像夏中民这样粗暴对待工人的事件,一定要严肃查处!他还批示让省报全文登出,并在全省范围内开展一次大讨论,以此入手进一步改善干群关系。然而刚刚过去没有几天,却从嶝江赶来了数以千计的老百姓,静坐在省委门口,要求他给嶝江留下这个党的好干部夏中民!而远在数百里之外的嶝江,此时此刻,据说有十几万的干部群众正站在大街上为这个夏中民请愿,坚决要求不让夏中民离开嶝江!

这对自己的批示,简直是一个天大的讽刺!

作为一个省委书记,对自己手下的干部究竟该怎么去了解,又通过什么渠道去了解?看来这真是一个大问题!

仅仅只是从文件到文件,从批示到批示,从材料到材料，从会议到会议，又怎么能清楚干部们究竟在做什么？群众到底满意不满意，喜欢不喜欢？

他记得一个即将卸任的老市委书记曾发自肺腑地对他说过，这么多年来，我们考察提拔干部，走访询问的对象几乎清一色的都是干部。于是我们提拔的干部，都只能是干部说好的干部；想被提拔的干部，都只能去讨好取悦方方面面的干部。一级一级如果都成了这样，那我们的干部除了只能代表干部的利益，又还能代表谁的利益？这些年，我们虽然在不断地完善干部任用机制，但沿用的办法基本上还是过去的那一套。我们的一些干部，总以为有了程序就有了民主，于是就只在程序上下功夫，却从来没有在民主上下过功夫。我们在形式上虽然有很多改进，但实质上并没有更多的变化。我们的党代表，几乎全都是干部；我们的人大代表，大部分其实还是干部；我们的政协委员，绝大多数其实也还是干部；推举出来的群众代表，往往都是干部指定出来的代表。那么，我们倾听老百姓呼声的渠道究竟在哪里？这些年来，不少刚刚被提拔起来的干部，就接二连三地出问题，实在是令人担心哪！如果一个地方出现了一个违背人民意愿、违背党的原则的利益圈子，这个利益圈子再与权力圈内的腐败者相结合，形成权力层中的腐败权势，他们必然会充分利用我们现有的干部监管体制中的不完善之处，以实现他们各种各样的经济利益和政治目的。由他们推举选拔出来的干部，又会是怎样的干部？又如何能代表人民的根本利益？这种状况如果再这么发展下去，实在是太危险了！

其实类似的话，上上下下的很多领导、很多干部群众也都给他说过。是的，我们干部监管任用机制的完善和改进，也确实应该进一步加大力度了。

那么，眼前嶝江的情况呢？一个一百多万人口的城市，有十几万群众上街请愿。且不说它的表达方式，也不用揣摩他们的思想感情，不管从哪个角度来看，也都是一种民意的表露。至少也能说明一点，夏中民这样的干部，是老百姓欢迎和拥戴的干部！

说实话，这么多年了，尤其是近两年来，在省委门口静坐请愿的群众几乎成了家常便饭，隔三差五的就会来那么一次。腐败问题，工程问题，拆迁问题，司法问题，不是申诉冤情，就是状告贪官。然而像今天这样大规模的请愿上访，却是为了要留住一个好官，在郑治邦多年的从政生涯中，还确确实实是第一次遇到！

是有组织有计划的行为吗？绝无可能。没有什么人能在这么短的时间内，发动起来这么多的干部群众，而且计划得如此周全，行动得如此快捷。同时，任何人都没有这种实力、能力、财力、物力和人力！

只有一种情况可以做到这一点，那就是深深植根于老百姓中间的那种相依为命，无以割舍的血肉关系！

郑治邦本来想明天再去嶝江，直接同群众见面。但听到这消息后，他一刻也坐不住了，就在今天夜里，他必须亲自去看看这些上访请愿的群众。他真的想见见他们，想同他们坐坐，想从这些人的嘴里了解了解这个夏中民究竟是一个什么样的干部。

他什么人也没有通知，既没有带公安，也没有带武警，事先也没有给这些上访请愿的群众打招呼，就他们几个省委的领导，还有各自的秘书，悄悄地来到了上访群众的聚集地之一，林业厅招待所。

六十六

郑治邦一行人到达嶝江已经快中午十二点了。吃了点饭，郑治邦便去医院看望了覃康和受伤的民工，之后决定和夏中民认真谈谈。

郑治邦站在窗前看着广场上的人群问道："看看有这么多的群众支持你，是不是压力很大？"

"说实话，我甚至觉得这种压力都超出了我的承受能力。"夏中民如实回答道，"而且不只是压力，更多的是惭愧、内疚。面对着群众，自己这些年的努力实在太微不足道了。"

"其实我们更有压力呀。"郑治邦有些沉重地说，"现在的群众已经同过去不一样了。他们正在觉醒，这是一种普遍的觉醒。这种普遍的觉醒正在同一种僵化的东西进行抗争。这也是我们党多年来努力的结果，作为党的干部，我们应该感到欣慰。"

"是。"夏中民说道，"一个党的干部，如果不是真心实意为人民谋福利，在群众面前是交不了账的。"

"所以有些干部就说，手中的权力越来越小，群众的要求越来越高，现在基层工作越来越难干了。中民，你怎么看？"郑治邦似乎在寻找答案。

"我不同意这种观点。"夏中民说道，"工作好干难干,关键是看立场。如果你站在群众的对立面,当然都只能越来越难干;如果你跟群众站在一起,那就没什么克服不了的困难。"

"可这么多群众支持你,为什么你还会落选?"郑治邦问道。

夏中民想了想说:"据我所知,类似的情况并不仅仅发生在嶝江,其中最致命的一个原因,就是没有把权力真正交在群众拥护的人手里。"

"这次不是已经确定了你为市长候选人吗?组织上不是已经要交给你权力吗?"

"已经晚了。在嶝江,实际上掌握权力的人,从本质上已经不能代表组织了。他们只是以组织的名义,千方百计地要把权力移交给代表他们利益的人。虽然这只是局部现象,但却很危险。一个地方如果到了当官的不敢清廉,执法者不敢执法的地步,这足以说明他们的权力网络已经延伸到高层了。"

"你是不是说嶝江已经发展到这个地步了?"郑治邦又问。

"从目前的情况看,我觉得嶝江还没有到这样的地步。"

"为什么?"

"因为群众的力量起来了。就像您刚才说的那样,这是我们党多年努力的结果。"

"这跟你多年的努力也有关系。从这个意义上讲,中民,我要代表省委谢谢你。"郑治邦说到这里,突然转了话题,"中民,四年前我来嶝江考察时,听说你当着很多人的面,把我痛骂了一通。"

夏中民吃惊地看着郑治邦:"郑书记,那是我一时的气话,不是骂,只是发了几句牢骚。"

"原来是真的。我闹不清楚什么原因让你的情绪那么激动。"

"当时您还是省长,到嶝江来考察我们一个很有发展潜力的高科技产业,这个企业当时急需一笔启动资金,所以就把希望寄托在您的考察上。没想到考察完您什么话也没说就匆匆离开了。急得这个企业的经理放声大哭。"

"……那个高科技产业现在怎么样了?"

"没办法,后来转让给湖北的一家公司,现在做得很大,去年年产值已经达到四个多亿。真的很可惜。"

郑治邦沉默了一阵子,接着说道:"中民,你知道今天我为什么一定要见见你吗？"

"不是因为群众的请愿吗？"

"不，我是向你承认错误的。"郑治邦表情非常严肃。

"郑书记，是我不对。"

"你骂得一点儿没错。"郑治邦越发显得沉重起来，"你可能还不知道，四年前省委组织部曾提名你为嶝江市委书记，但最终被我否决了。"

夏中民再一次被震惊了："郑书记，我知道，那不是你的原因！当时的刘石贝书记一直就不同意我，从来也没向上边推荐过我。"

郑治邦摇了摇头："不全是这样。吴州市委组织部曾多次给省委打过报告，组织部长刘景芳还专门给我做过汇报。就在半年前，吴州市委又一次打了报告，但都由于我的原因，你的提名始终没能上省委常委会。"

"郑书记，嶝江的情况太复杂了。"

"但我应该负主要责任。"郑治邦说道，"还有，中民，你为什么不问几天前我在一份内参上对你的那个批示？"

"如果是我，看了那样的材料也会立刻批示的。"

"不。戴有色眼镜的批示和不戴有色眼镜的批示是完全不同的。其实并不只这一次，以前还有过几次我的批示都很严厉。现在想来，也许就是那一次产生的印象，导致了这么多对你的误解。"郑治邦沉默了一下说，"你看看广场上的这么多群众，正是因为我的错误，才让他们的感情受到了严重伤害，让党的形象受到了无法弥补的损害。面对群众，我无法原谅我自己。"

"郑书记！"面对着郑治邦深深的自责，夏中民感到说不出的痛苦。

良久，郑治邦问："中民，你知道一个叫吴滆云的新华社记者吗？他写了一份内参。今天早上，总书记已经做了批示，总书记还严厉批评了省委……"

六十七

下午三点，嶝江市四大班子领导扩大会议在嶝江宾馆会议室准时召开。

这是一个不寻常的会议，省委的主要领导都来到了会场。其中有省委书记郑治邦，常务副书记高怀谦，省委副书记兼纪检书记彭涛，组织部长于建华。

会场外五一广场已经聚集了将近二十万群众，他们都在等待着这次会议的决定。

第一个讲话的是高怀谦。他说，在今天的会议上，我只讲两个问题。第一，我们党一直强调要保持同人民群众的血肉联系。但也必须看到，在部分干部身上，群众观念越来越淡漠！什么是腐败？脱离群众，漠视群众利益，就是最大的腐败！从嵫江这次党代会所暴露出来的问题，我们已经看得非常清楚。一旦脱离了群众，一旦背离了群众利益，我们的执政基础就会倾斜，甚至垮塌！群众拥护的干部就会被干掉，被赶走，群众反对的干部就会被提拔，被重用。长此下去，人民赋予我们的权力就会完全丧失！人民创造的财富就会被窃取一空！

我现在可以明明白白地告诉大家，据几天前省委派下来的联合调查组汇报，已经在嵫江查出了触目惊心的经济问题！关于联合调查组的调查情况，一会儿彭涛书记还会给大家讲。

第二个问题，就是省委和吴州市委对嵫江这次党代会的意见和看法。嵫江党代会究竟有没有问题，只从群众的反映来看，就足以证明党代会存在严重的问题！有些人一再给省委和市委强调，说这次党代会从程序上看，没有发现什么问题。这叫什么话？这是混淆视听，麻木不仁！看看窗外的几十万情绪愤怒的请愿上访的群众，我们这么讲，是不是太冷酷，太没有党性了！让我说，连人性都没有！夏中民的落选，让多少群众掉眼泪呀！昨天晚上，我们和郑书记去看望上访群众时，也是多次掉泪。群众的呼唤和眼泪，为什么唤不醒我们一些干部起码的良知？这样的干部还能是个党员吗？还能是个人吗？夏中民落选了，什么人上去了？齐晓昶！一个多次受过严重处分，被群众称为"三盲干部"的人竟然被提拔成了市委办公室主任！一个被全体村民提议罢免的村委会主任竟被选进了市委委员！这不是问题是什么？这是主管组织工作领导干部主观的故意，还是无意的疏忽？一次性提拔四百名干部，却逼得一个二十年兢兢业业，没有被提拔的干部卧轨自杀，也能说程序上没有任何问题？一句话，从目前的情况来看，这次党代会不仅存在问题，而且存在严重的问题！所以，省委常委会经研究，完全同意昊州市委常委会的决定，立刻对这次党代会进行严肃调查！

还有，省委也完全同意昊州市委对夏中民同志的留用决定，继续提名夏中民在即将召开的嵫江市人代会上为新一届市长候选人……

彭涛讲得也非常简短。他说:"第一点我想说说关于对这次党代会如何进行调查的问题。首先请大家放心,我们会严厉查处,但绝不会搞得人人自危。我相信绝大多数同志都是好同志。即使有些同志做了一些不该做的事情,只要能认识了问题,也还是我们的同志。第二点,我还想说说告状问题。这些年,出现了很多怪现象。廉洁公正的干部被人检举,而那些真正腐败的干部被人揭发,被人举报的次数反倒越来越少。为什么?第一,好干部得罪的人多,特别是会得罪那些有问题的腐败干部。这些人能量大得很,自然就会千方百计地告你、骂你、攻击你。第二,好干部不会打击报复那些状告自己的人。第三,好干部根本没有时间顾及这些问题,就像你们的夏中民,有时候连理发看病的时间都没有,哪能顾得上告状的事情?那些腐败干部、有问题干部可就不同了,首先他不会得罪人,特别是不会得罪那些坏人、恶人,老百姓又往往被他们蒙在鼓里,告他状的人自然就少。其次腐败干部最怕被人告状,也最恨被人告状,一旦发现有人告他,立刻就会千方百计地把这些告状的人找出来,然后不惜使用一切手段进行打击报复。再加上这些腐败干部、有问题干部又有的是时间，整天就是整人、拉拢人。坏人不会告他，好人又不敢告他，自然上访举报的人就越来越少。同志们，这种现象可怕得很！就像夏中民，他的告状信就多得不得了，这几年，光我手里收到的就有上百封！你要是不下来了解，还真会以为这个夏中民是一个多坏的人！其实告他的人转来转去的也就是那么几个人，但就这么几个人，就能造成一种声势，就能影响一片人！纪检委欢迎大家检举揭发。但对那些恶意诽谤、造谣生事的告状信，我们也一样会区别对待。第三点，近几年来，对那些腐败干部、有问题的干部，纪检委和反贪局下派的调查组，碰到的阻力和干扰越来越大，拉拢和腐蚀的手段也越来越多，特别是在基层，一些纪检委形同虚设，甚至成为腐败分子的保护伞！成了一些干部搞政治的工具！甚至成了打击和排挤优秀干部的堡垒！不管问题多大，多严重，最终都会给你闹个不了了之，一无所获。一个所谓的联合调查组，甚至还不如一个记者！这究竟是为什么？深层次的原因又究竟在哪里……"

名家点评

《国家干部》揭示了深隐在我们政治生活中的某种危机,它是那样的触目惊心。说穿了,这种危机也就是干群关系中的深层次错位。在作者看来,国家干部倘若脚不沾地,脱离群众,那就有可能形成为既得利益群体,这个群体有自己的思维、秩序、利益和运转方式,人民的声音被日渐隔绝,人民的权力会变成一纸空文。于是,人民最拥戴的人,很可能是这个既得利益群体最不喜欢的人。夏中民,作为一个共产党人,因为心里想着老百姓的生存问题,想着社会的稳定,想着自己的责任,始终站在人民利益一边,站在正义一边,严于律己,勤政廉政,造福于民,造福于社会,是名副其实的人民公仆。作为一个有才华、有能力、想干事、能干事的干部,他在一个副县级的岗位上勤奋出色地工作,在嶝江这个极为复杂的干部关系网中苦拼硬搏地奋斗了八年,面对着一次次机遇和升迁的机会,他选择留下来。用政治话语来说,他是"三个代表"的忠实实践者。然而,他却在党代会上连委员的资格也没选上,这是现实的悲哀,也是干部制度的悲哀!读过作品之后,我们深深体会到作家对普通民众生活的真诚关注,体会到普通老百姓的要求、愿望和希冀。在社会改革的进程中,在全面奔小康的征程中,老百姓还有许多困苦、许多艰难、许多沉重,他们最渴望的就是需要焦裕禄式的好干部夏中民,真心实意地关心他们的疾苦,关心他们的生存,关心他们的生活,倾听他们的呼声,与他们打成一片,与他们心连心。小说最让人感动的就在于夏中民就是凭借着这份情感赢得了广大老百姓的爱戴和拥护,因为这样的干部在以往的作品中,在我们的现实生活中实在太少了,这里饱含着作家的理想,也寄托着读者的那份期望。

皖西学院文化与传媒学院教授　陈运贵

如果说，在《抉择》中，张平率先提出了集体腐败的惊人现象，那么在《国家干部》中，他又提出了国家干部中的某些既得利益群体，怎样激化干群矛盾，严重阻遏改革的深入和政治民主化的步伐。如此丰富的、尖锐的政治文化主题，在当代中国文学的长廊里也许只有很少的人触及过。

《国家干部》的新意还表现在，它跳出了反贪小说的格局，有力地写出现在的群众已与过去有很大不同，他们正在觉醒。这是一种政治文明意识的觉醒，这种普遍的觉醒正在同一种僵化的东西进行抗争，形成了一种普遍的社会矛盾。人民正在显示自己的力量，这也是党多年努力的成果。夏中民在冠冕堂皇的外衣下被"选"下去了，群众怒吼了，全城罢工了，十多万人包围了党代会。这惊心动魄的一幕，在作者笔下显得慷慨悲壮。尽管又有人扣上"非组织违法行为"的大帽子，但作者的倾力歌颂是毫不含糊的。小说最后以省委会的从善如流，伸张民意，以正压邪而结束。

在艺术风格上，这部小说极其质朴，几乎摒弃了任何藻饰和戏剧化因素，大量应用生活化的语汇，初看平淡，越到后来，越见力度，最后简直是翻江倒海，汹涌澎湃。《国家干部》是大河，不是小溪。作者极善于从容不迫地铺展开来写，每个悬念一出，即推测各种可能性，每一条支线都有说不尽的故事。比如市委考察组一露头，就有多种推测多条线索，又如市长神秘召见夏中民，又是多种可能。这当然并非技巧使然，而是以长期深入实际掌握了大量第一手资料为基础的。没有广博的积累，没有义愤和激情，根本写不出这样的小说。

文学评论家 雷达

张平创作谈：

这是我搁笔十年后的一部新作品。仍然是现实题材，仍然是近距离地描写现实，仍然是重大的社会和政治题材。

也许，这才是我的一部真正的反腐作品。

通篇都是腐败对人与社会的戕害和毁伤。

反腐势在必行。

反腐功德无量。

反腐功德无量，不是一句时尚新潮的话语。

腐败侵蚀的是人心，侵蚀的是人的道德、思想和人的行为准则，侵蚀的是一个国家和民族的文化精髓。

文化是一个国家、民族精神和能量的长期积淀和凝聚，是民族存亡的前提和条件，它蕴含着国家走向未来的一切持续前行和进步的基因，是民族生存发展的全部价值与理性所在。

当贪贿成为一种文化存在时，必然会成为一个国家、民族精神的沉疴和桎梏，要清除它，须付出更沉重的代价,更持久的岁月,更多倍的努力。

它危害的绝不仅仅是下一代、下几代,一定会更长更久。

历朝历代,治国必先治吏。"吏不廉平,则治道衰""上梁不正下梁歪""楚王好细腰,宫中多饿死"。几千年的封建社会,都是"学而优则仕""劳心者治人,劳力者治于人"。大大小小的官吏,大都是自幼考取功名,而后终身为官。现在的一些领导干部,也有不少都是从乡镇干部一直当到市长省长,从学生会主席一直干到市委书记、省委书记。能上不能下,一辈子几乎都是政府官员,终生都是在为提拔升职而处心积虑,对民间疾苦毫无感觉也毫不知情。长年当领导,往往自觉高人一等,必然与老百姓渐行渐远。鹰视狼顾,颐指气使,老虎屁股摸不得。居高临下,傲然睥睨,久享种种特权福利而不自知。有些领导干部动不动就牢骚满腹,老子干了一辈子,享受这么点待遇又怎么了?久而久之,让自己的生活与老百姓的生活根本就是两重天地。如此上行下效,必然会在官员和民众之间划下一道深深的鸿沟。

猛药去疴,重典治乱,刮骨疗毒,壮士断腕,也就是为了铲除和填平这道鸿沟。那些与老百姓相背而行的为官之道和高高在上的思想观念也同样深深地镂刻和浸染在我们的文化之中,要想彻底去除它,也同样需要几年、几十年甚至几代人的努力和付出。

这部作品的几个主人公,都是腐败最直接的无辜受害者。包括腐败分子的母亲、儿子、姐姐、姐夫和外甥女,还有司机。参与和卷入腐败的都被抓走了,而无辜的甚至毫不知情的这些亲属和家人,成了事实上的最大受害人。腐败对他们的戕害是深重的、残酷的,尽管如今已经不再是过去的株连时代,他们的人格和工作在表面上并没有受到什么影响,但社会上和精神上的无形压力对他们的打击是双重的、灾难性的。他们的遭遇就像从云端突然掉进了泥沼一样,对突然降临的平民生活毫无准备,百般无奈又束手无策。就像一个突然失去父母,刚刚成人的孩子一样,所有的一切都只能从头进行。丁丁是腐败分子唯一的儿子，在他失去父母的庇护之后，他根本不懂得如何才能在这个社会上自力谋生，独立生存。他与贫民的孩子同班同学吴玉红形成一个巨大的反差。吴玉红因为是普通百姓的孩子，从小需要自食其力，自谋生活，尤其是在父亲重伤后，十六岁的她几乎挑起了照料全家的重担。尽管是一个弱小的女子，但她对社会上的所有生存之道都了然于胸。她知道什么是五险一金，知道外出打工的父亲身负重伤却又无法报销药费的真正原因，知道怎么去给爸爸抓药，怎么做饭，怎么买菜，怎么交纳房租，怎样能用最少的钱办更多的事。她知道如何应对贫困，如何躲避灾难，如何在夹缝里生存。还知道社会的险恶，世道的艰难，人心的不测……而人高马大的丁丁，这个原市委书记的儿子，在这个他必须面对，必须自立的重新生活中，居然一筹莫展，甚至一再被骗。若不是吴玉红的及时相救，等待他的将是灭顶之灾，牢狱之祸。还有绵绵，这个市委书记的外甥女，在失去舅舅光环下的呵护之后,精神几乎彻底崩溃,以至于最终昏倒在考场上。

他们所面对的生活,则是千千万万普通百姓都在过着的生活。他们的重新生活,让他们看到了、了解了即将面临的真正的百姓生活。

他们必须在极短的时间内适应和承受这样的生活,除此之外,别无选择。

长篇

重新生活（节选）

六

武祥和妻子魏宏枝八点准时到了学校教导处。

教导处门口一个好像是工勤模样的人员看了看他俩,不冷不热、面无表情地说,你们在外间等着吧,领导们这会儿都忙着呢。

他俩赶紧点点头,连说好好好,然后规规矩矩地在外间的一排凳子上坐下了。

说实话,绵绵在学校念书一年多了,身为家长,还从未专门到学校找过领导和老师。从来都是学校领导和老师到家里或单位来找他们，更多的时候是请他们吃饭。去的都是最好的饭店、最宽敞的包间，一边吃饭、一边寒暄，关心的话、奉承的话，说得让你好难为情，热情得几乎能让你麻木了，你只有机械地坐在那里一动不动。每一回都千方百计地让把绵绵也叫上，每一次死拉硬拽地非要让两口子坐在主座上，连你用的湿毛巾密封包每一次也都帮你扯开，每一道菜等不到你动筷子就已经把最好的那部分夹到了你的碟子里。重复了无数遍的话总也显得那么恳切，一脸的虔诚看不出任何虚情假意。哎呀，哎呀，你们能来就给了我们天大的面子啦，一般的人能把你们请到吗。人要讲良心，要不是绵绵在咱们学校上学，我们能认识你们吗，学校里的人谁不清楚，绵绵能在咱们延中读书，那是咱们延中所有师生员工的运气、福气……

见瓶水之冰，而知天下之寒。冷板凳这么一坐，让武祥夫妻明白了今非昔比。

坐在教导处冷清的外间和硬板凳上，巴巴地等着校领导召见，今天确确实实是第一次。

来时就商量好了，并有了充分的心理准备。今非昔比，凤凰落架不如鸡，何况你原本就只是一只凡鸟，并不是什么凤凰，所以武祥说一定要准时。魏宏枝叮嘱，态度一定要端正。武祥总结说准时就是态度，恭顺就是敬重。魏宏枝概括：见了学校领导，心态一定要平和，平和就是能低三下四，就是能认清自己目前的状况和位置。现在，咱们只是一个差等生的学生家长，学校能收留绵绵就已经是天大的恩典，所以，自始至终都要表现出充分的感激和尊崇。这是关系到孩子的终生大事，一丝一毫都马虎不得。所以他们共同制定了三条准则：一、不管有多难听的话，也一定要笑脸相迎，决不反驳一个字；二、什么话都能说，什么态度都能忍，过去给学校办了的难事好事的话一句也不能提；三、什么事都能答应，但让孩子退学离校的事决不能答应，就是跪下来磕响头也不能答应。

　　什么都想好了，什么都想到了，但没想到把他俩一直晾在这儿。一直等到快十点了，却还是没有一个人找他们谈话。早自习结束了，第一节课也结束了，第二节课眼看也要结束了，还是不见任何动静。倒是不断有学生和老师进进出出的，说话声，打闹声，走路跑步声时不时地传进耳郭，但好像谁也没意识到他们的存在，甚至连看也不看他们一眼。武祥本想到里面催问一下，刚站起来，妻子就扯着他的袖口边说，坐着吧，老老实实等着。

一直到第二节课下课铃声都响了，才有一个面色发青、四十岁左右的男人从外面走了进来。可能是知道他们的身份，也可能是以前见过，朝他们点点头，一边径自往里走，一边显得很客气地说："来啦？里面坐。"

他俩愣了一下，赶紧起身跟了进去。

"坐吧。"那人一边坐下，一边指了指办公桌旁的椅子说。武祥看了看，整个办公室里只剩一个椅子，赶忙说："不用不用，领导您贵姓？"

"我姓赵，教导处副主任。"赵副主任一边回答，一边在抽屉里翻着什么，"上边要来开什么现场会，领导们都忙得一塌糊涂，临时抽调，让我来见见你们。"

"……赵主任啊，您好您好。"武祥看到桌子上有烟灰缸，一边问候，一边赶紧掏出烟盒把一支中华烟递过去。然而却见赵副主任猛地抬头，一声断喝，几乎吓了武祥一个趔趄。

"进来！"赵副主任似乎根本没在意武祥递过来的香烟，突然大声朝办公室外吼道。

像被打了一闷棍，武祥和妻子都有些发僵地愣在那里，真的不知所措。良久，只听得办公室门轻轻响了一声，像是从门缝里挤进来似的，一个又胖又圆，个子足有1.78米的学生磨磨蹭蹭地站在了办公室桌前。这个胖子学生显然是做错了什么事，低着头，但脸上却是一副满不在乎、嬉皮笑脸的样子。

"站好！"赵副主任突然又是一声怒吼，"笑什么笑！还知不知道羞耻了，唉！"

胖子学生好像被训惯了，只是象征性地挺了挺腰，依旧一副忍俊不禁的样子。

武祥那只捏着香烟的手，实在是伸在那里不是，抽回来也不是，正尴尬着，赵副主任这时又转过脸来，顷刻间，竟换了一脸的平和，很随意地说道："你们再等等，暖壶里有水，要渴就自己倒，别客气。"

武祥赶忙说："不急不急，我们等，您先忙您的。"

赵副主任看不出有什么生气的样子，很有风度地慢慢地接过香烟，等武祥给他点着了，慢慢地抽了一口，显得很儒雅地说："你们也知道，现在的社会风气真的是太成问题啊，什么稀奇古怪的事情都有，这些学生什么事情都敢干，可家家又都是独生子女，家家都想成龙成凤，不说不管不行，说重了管多了也不行，压力都聚在学校了。"

武祥赶忙说："是啊，是啊，现在的老师真是太累太苦了，要说压力，老师压力最大啊。"

妻子魏宏枝也随声附和道："可不是嘛，现在什么部门都能混日子，就是学校和医院没法混日子。当老师的，一个比一个辛苦，没白没黑的，可比起医院的医生，老师的工资又那么低，我们这些当家长的，真的是打心底里感激啊……"

正说着，赵副主任猛地又是一声怒喝："混账东西！让你站好了没听见吗！聋啦！"

这次连妻子也被吓得一哆嗦，脸色顿时变得煞白。只见赵副主任一脸的和蔼刹那间竟又换成了一脸的狂怒，就好像他俩根本不存在似的猛地转过脸对着那个胖学生大发雷霆："检查呢，为什么不交检查！你以为你家有几个臭钱就想干什么就干什么！你以为你家朱门酒肉，贵人达官鱼贯而入我就管不了你啦？牛能任重，马有报德，你说说，你说说你能干啥？一看你那没皮没脸的样子，就让我恶心！"

胖学生耷拉着脑袋，依旧一声不吭。

赵副主任好像也不需要那个学生回答，这时又转过身来，变戏法似的突然又换上了一副祥和的表情，依然就像没发生过任何事情一样，"你们喝点水啊，要不我给你们倒，窗台上就是一次性的纸杯子。"

"不用不用，"武祥急得赶忙拦住赵副主任："不喝，不喝，您快忙您的。"赵副主任其实根本就没动身子，他甚至都没转过脸来。武祥有些不知所措地掂量着说："赵主任，要不您看我们就先到外面再等一会儿？"

"不用，外面冷，都说暖冬了，其实这阴冷阴冷的天气，更让人不好受。"赵副主任像拉家常似的，"过去各单位自己烧锅炉，什么时候不冷了才停下来。现在美其名曰集中供热，花钱多，还活遭罪，不管天气冷不冷，即使还刮风下雪，地冻三尺，说停就停了，一分钟也不给你多烧。你说说，这能叫和谐社会？整天冷飕飕的，那心里还能和谐了？"

武祥赶忙接过话茬儿说："可不是嘛，这几天停了暖气，医院里感冒的人多了去了，年龄大点的，好多都住了院。临时用空调，热风干干的又一下子适应不了……"

正说着，赵副主任突然转过身去又炸雷似的一声怒吼："把你的手机给我放下！你以为是振动我就听不见了！掏出来！听见了没有！"

武祥夫妇尽管已经有了心理准备，但还是止不住地尴尬、无措。

那个学生歪着脑袋，还是一声不吭一动不动，任凭你怎么说，仍然是一副漫不经心的样子。

赵副主任猛地跳了起来，一眨眼间就从学生口袋里把手机掏了出来，然后"啪"的一声把手机拍在桌子上，怒不可遏地吼道："出去！给我站到外面去，今天不准回家！除非你把检查交了，把你的父母叫来，否则就别想回去！你要再敢偷偷回去，就再也别来了！滚！滚出去……"

那个胖学生好像正巴不得这样的结果，还没等赵副主任的怒斥结束，庞大的身躯竟像一条鱼似的倏地一下便不见了。

武祥夫妇瞠目结舌地看着眼前的这一切，怔怔地站在那里，像被冻僵了一样。

"好啦，言归正传，咱们就谈咱们的事吧。"竟然没有任何转换过渡，赵副主任立刻又是一脸和气地对他俩说道，"真是没办法呀，现在的学生真能把你气死了。不是老师总跟你们家长发牢骚，我们这些当老师的，每天回去了，就只有两个感受，一是气，二是累，还有就是嗓子疼心口疼外加浑身疼，有什么办法，谁让咱是老师。就像刚才那学生，你别看装着一副恭恭敬敬、规规矩矩的样子，心里什么时候能瞧上你这个教务处副主任？人家老子有钱，还是什么十大企业家、人大代表，分管咱市的书记市长，教育局长，学校校长的，哪个不是人家的座上客，什么纪律啊处分啊，你在这里说得地动山摇，他在那里照玩不误。这年头有教无类？哼，姥姥的！好了好了，不说他了，越说越气，人家根本没当回事，倒把你自己气出病来了，就说说咱们的事吧。"

武祥夫妇突然觉得站也不是，坐也不是，经过这一场面对面的"熏陶"，这会儿都眼巴巴地看着这个面色发青、矮墩墩的赵副主任，一时间紧张得不知道该说什么才好。

赵副主任猛吸了一口香烟，然后把烟头摁灭在烟灰缸里。武祥再递过去一支，被赵主任客气地挡住了。武祥只好把烟放在主任的桌子上，然后便屏声闭息地看着赵副主任。

"你们这事，嗨，该咋说呢。老话讲，有风方起浪，无潮水自平。"赵副主任皱了皱眉头，突然严肃地说道，"说实话，这样的事让我跟你们说，本来就不合适。可你一个区区副主任，人家说让你来，你又不能不来。现在的人，好事挤破头，坏事都躲得八辈子远。"

赵副主任这一番开场白，就像寒冬腊月劈头浇下来一桶冰水，顿时让武祥浑身上下都冻透了。不祥之兆，看来真是出大事了。莫非真的要把绵绵赶出学校去？

武祥一怔，妻子魏宏枝说话了：

"赵副主任，您也用不着为难，有什么就直说吧，我们明白，都是学校的决定，都是学校领导研究定下来的，不管是什么结果，我们也都能理解。"

听了这话，赵副主任铁青的脸色越发难看，沉默了一阵子，终于说道："让绵绵写的辞职书，你们带来了？"

武祥赶忙说道："辞职书我们随时都可以写，您也清楚的，当初我们和绵绵就没想过要当什么班干部校干部的。我们今天来就是想先问问情况，如果就是让写辞职书，这没什么难的，我们现在就可以给你写出来……"

"问题不是什么辞职书，你们大概都理解错了。"赵副主任摆了摆手，打断了武祥的话，"绵绵回去就没跟你们说吗？辞职书不过是摆个样子，核心是要把问题说清楚，你们知道是什么问题吗？知道问题的性质吗？关键的关键是这个问题只能由你们说出来，学校才能通盘考虑绵绵下一步的问题。"

武祥听到赵副主任嘴里把这么多问题绕来绕去的，越发感到事态的严重。妻子的脸色也更加苍白，情绪也更加紧张，止不住地解释道："可绵绵什么也没说呀，不就是辞职书吗？还有什么其他性质的问题？是不是还要牵扯到别的什么？"

"不是牵扯，明摆着就是嘛，"赵副主任故意把口气放得很缓和："这世间的人和事，你们应该心知肚明。要不是当初你们家的背景，学校怎么会做出那么多被动的事情？学校也是被迫无奈没办法啊，你们知道的，就像刚才那个学生，要不是他爹每年大笔大笔地资助学校，他这样的孩子进得来吗？"

武祥意识到问题实质了，但仍然无法相信并心存侥幸地问："您说的被动是指什么？是写辞职书，还是因为学校被迫无奈没办法才让绵绵进来的？"

"你看，你不是很明白吗？你都意识到了，学校还意识不到？"赵副主任甚至笑了一笑，"你想想，像延中这样的学校，市里每年下发各项拨款不是很正常吗？改善办学条件不是早就规划好的吗？老师的生活待遇和住房问题，历届市委市政府都非常关心的呀，但这些本来十分正常的事情，为什么非得附加上其他条件来交换？学校确实是被迫无奈没办法啊,你们想想,如果你们是校长又能怎么办?"

武祥突然感到血脉偾张,两眼火星直冒。看着侃侃而谈的赵副主任,一时间他都不知道该如何开口。什么也想到了,却没想到问题的关键、问题的核心竟然在这里。这个意思太清楚了,绵绵的入校和当选班干部校干部都是被逼无奈的结果,本属正常的学校扩建和办学条件的改善都是被一个人以附加条件强行对此进行了交换。这个人不是别人,就是绵绵的舅舅,就是那个已经被双规了的市委书记魏宏刚!

此时,赵副主任的意思已经再明确不过了,绵绵的辞职书只是个借口,必须把这层意思写出来才是问题的实质,才是关键的关键。昨天晚上班主任来家绕来绕去的,其实也是这个意思。而武祥和妻子当时确实没有明白过来,所以赵副主任才会一开口就说,你们都理解错了。

是的,武祥和妻子,确实没有理解到这一层。

武祥正寻思着该怎么说,妻子在一旁开口了:"赵副主任,听了您的话,您看我理解得明白不明白。您的意思是不是就是说绵绵的入校是他舅舅给学校施加了压力才进来的?"

"你看,我没说,你不也说出来了?唉,一针见血嘛！"赵主任把两手摊开了说道。

"这么说，绵绵的班干部、团干部、校干部，也都是她舅舅施加压力的结果？这么做学校是被迫无奈的，没有办法的？"妻子继续问道。

"是呀是呀，这还用说吗？没有她舅舅的影响，学校会这么做吗？明摆着的事情，你说谁不清楚啊，学校很弱势呀。"赵副主任依然显得很无奈地答道。

"还有学校的扩建，学校办公条件的改善，还有老师的福利分房，都是拿绵绵交换的结果？"妻子继续追问道。

"话是难听苛刻了点儿，可这也是事实啊，你们也用不着想不开，我也是实话实说。"看到妻子发青的脸色，赵副主任的语气明显缓和了许多。

"就是说，本来这些都是学校正常应该有的，早就规划好的，水到渠成的事，硬是绵绵的舅舅给压住了，如果不答应绵绵的这些附加条件，这些应得的东西学校就得不到，是不是这个意思？"妻子的脸色越来越难看。武祥感觉会发生什么，但知道已经无法制止。

赵副主任看了看手机上的时间，又扫了妻子一眼说道："时间也不早了，我该说的也说了，如果你们觉得不妥，不想按这个意思写，或者只是想轻描淡写地说几句，那你们拿主意吧。如果你们觉得这样就能把事情解决了，就能把事情糊弄过去，那你们就好好想想吧，你们要是觉得还有可能，那我也真没什么可说的了。我是为了你们好，为了学校好，这也确实是学校定下来的解决方案，要是不想这么办，不愿意按我挑明的事实来认识症结所在，今天的谈话我看就到此为止，你们就再找其他领导去吧。"

"我现在只想问你。"妻子好像非要打破砂锅问到底，"学校的意思是不是非得让我们把这些都写出来，把这些根本没有的事情都编得有根有据，有鼻子有眼儿，全都写进绵绵的辞职书里，是不是？"

赵副主任的脸色也难看了起来，完全是一副挑战的架势："你说呢？"

"赵主任，"妻子直直地盯着对方："您告诉我实话，您跟我们说的这些，不管是谁让您这样说的，您是不是以为都是真的？"

赵副主任有些发窘，半天说不出话来，他可真没想到一个倒霉的学生家长会这样逼问他。

妻子依旧不依不饶："学校二百亩的新校区，三个亿投资，真的都是以前就规划好了的项目？学校的报告是什么时候打的？打给谁的？又是谁给批的？旧校区十几亩地，学生老师五六千，放学挤得大门都出不去，十多年了，为什么新校区直到去年才批了下来？为教师们正盖着的新房，您将来也要入住的新宿舍楼，校领导们将来的新房，又是什么时间打的报告？谁打的报告？打给了谁？谁批下来的？是我们吗？是绵绵吗？是历届历任市委市政府吗？"

赵副主任突然一下子跳起来："你这不是胡搅蛮缠吗！有你们这么说话的吗！学校是一片好心……"

"一片好心？"妻子不容他说完也突然呵斥一般怒道，"见你们的鬼！既然你们这么绝情绝义，那就别怪我六亲不认。我弟弟是我弟弟，我是我。我弟弟被'双规'了不假，他罪有应得，有党纪国法收拾他，可我是我，这事跟我们没有半毛钱的关系。昨晚班主任来了我就知道没好事，今天您跟我们说的这些话让我更恶心！告诉你，别把我一家子逼到绝路上！你们要是再这么逼我，看我敢不敢把你们上上下下一起发事的前后经过告到纪检委！"

"呵呵！到纪检委告我们？"赵副主任不屑一顾地戏谑道，"你以为你是什么人哪？腐败分子的亲属！你好猖狂！

你好愚蠢！我也正式告诉你，这是学校的决定。今天，你们的检查如若不交上来，明天我们就宣布把武瑞绵从学校开除出去！"

"好，这可是你说的！"妻子毫无怯色，"我现在就告诉你我告你们什么！魏宏刚是被双规了，但更腐败的是你们！你们一个个都是彻头彻尾的腐败分子！是你们利用一个未成年的孩子大肆索贿，是你们把绵绵作为交换条件，把绵绵当作跳板，不择手段从中给自己谋取利益！你们真要敢把绵绵开除了，我豁出命去也要把你们的丑事告上去，市纪委，中纪委……你们一个也别想脱得了干系！兔子急了还咬人，别以为我做不出来！你说对了，我是腐败亲属，我是魏宏刚的姐姐。可我这个腐败亲属，我这个魏宏刚的姐姐揭发腐败更容易！我身在其中，别人听了更信！你就看我敢不敢，等我把你们怎么干的这些坏事丑事一件一件抖搂出来，你们一个也跑不了！让延门市的老百姓也都好好看看，天下还有你们这样腐败，还有这样不知羞耻的！平时一个个人模狗样的，是怎么为人师表的，是怎么表里不一的，要让延门市的百姓看看你们骨子里还有没有点儿人味！魏宏刚有什么腐败就是让你们这些人给拉下水的！什么新校区，什么新住房，做梦吧！让市里省里所有的人都看看你们这些东西到底是怎么弄来的！"说到这里，魏宏枝对着武祥一摆手，"咱们走！这样不要脸的一种人，还跟他待在这里做什么！走！"

武祥跟着妻子往外走时，那个赵副主任好像是被什么定住了，他一脸茫然地僵在那里一动不动……竟然一句话也没说出来。

十六

救护车直接把丁丁送回他父母家，也就是原市委书记魏宏刚的家。这是事先商量好的，丁丁也没有反对。

对这一点，魏宏枝十分执着。一是自从弟弟出事以后，这个家她再没有来过。二是家里好久都没人了，魏宏刚的妻子、家里的保姆，还有魏宏刚的司机和秘书，都被带走了，直到现在也没出来。家里成什么样子了，她这个当姐姐的，有责任来看看。三是老母亲一直吵着要来，万一来了，不也要来这里，不也得住这里？这是魏宏刚的母亲，至少现在这个家不能不让他母亲住。四是魏宏刚的儿子回来了，而且受伤了，就算这个家以后要腾出来，但一个孩子，不至于现在就让他无家可归吧，怎么着也只能先住回这里。五是她也真想看看上边的态度，弟弟到底出了多大的问题……

市委大楼看上去并不很显眼，不高大也不奢华，但市委所在地旁边就是一个不大不小的湖，也是延门市中心唯一有水的地方。市委领导的住宅就在市委的后院，也是在湖边，即使是冬天，这里也是一片园林景象，草木丰茂，郁郁葱葱。

这样的设计，最大的好处就是领导的工作和休息不会受到任何干扰。平时市委领导回家不必出大院，坐车眨眼就到，步行也用不了十分钟。领导们住在这样的地方，一是离办公地点很近，二是在安全保卫方面也可以省人省力。如果有上访的、告状的，或者发生了群体事件，领导们可以从容进退，不至于被堵在门口，耽误了大事。

市委书记的家自然是在住宅区的中心位置，独门独院的一栋二层小楼。看上去不大，其实面积可观，加上地下室和车库，最少也有个三百多平米。

救护车进入住宅区大门时，武祥陪妻子一起下了车，先给门口站岗的警卫做了个简单的说明，把出入证也递了过去。警卫看了半天，又走过来看了看车里的丁丁，丁丁把自己的门卡也交给了警卫。警卫回到警卫室打电话，没用多长时间就出来了，对武祥夫妇说："你们可以进去了。主任说了，一会儿市纪委有人会找你们说明情况，让你们在家等着。"

可以进家了！

随着大门口的升降杆缓缓升起，武祥悬着的心一下子放了下来。

进了大院，救护车的司机突然说话了："嗨，我说呢，怪不得王院长这么重视，原来你们是领导啊！真没看出来，现在的领导确实变了，都这么低调。不好意思，服务得不好你们可别见怪。我这也是有眼不识金镶玉，领导干部如果都像你们这样就好了，抱歉抱歉。这地方我可是第一次进来，没想到里面会是这个样子。你看这路，还有这树，这设施，还有两边这草坪，要是到了春天夏天，那还不是人间天堂！住着这么好的地方，钱也够花，吃的穿的也不缺，你说有些领导咋就想不开呢？不是我对领导干部有什么意见，这不，没多久的事，你们肯定比我清楚，老百姓也都传遍了，有一两个月了吧，这里头的一个领导被'双规'了，听说家里光钱就拉了一卡车……"

魏宏刚的家从外面看没有任何变化，依旧打扫得干干净净，一尘不染。院门是开着的，其实也用不着上锁，所谓的院墙就是一人多高的四季青围成的栅栏，这样的设计，让院落显得更加开阔平坦。

进了院，武祥和妻子都明显感觉到有些异样。两个人对视一眼，立刻心领神会，等陪护人员扶丁丁下了车，就千恩万谢地把他们和司机一起打发走了。

武祥知道这个家是被查抄过的，魏宏枝也知道。夫妇俩不约而同，没让他们把丁丁直接送进屋里，倒不是怕他们看到真实情况，而是担心他们出去后会说三道四，给王宇魁副院长带来不必要的麻烦。

因为母亲曾在这里住过，魏宏刚给姐姐也配了钥匙，丁丁就更不用说了。一打开门，一股浓烈的霉味扑面而来。武祥原本想着家里一定会乱七八糟，但家里的景象还是超出了他的预料。

客厅里一片狼藉，几乎看不到成形的东西。沙发被大卸八块，茶几没了支架，椅子的靠背和钢管都被拧开了，大书架上的精装书散落一地。特别是客厅和走廊里的那些各色各样的花盆，一个个东倒西歪，里面的名贵花草都被拔了出来，连土一起倒得干干净净……

二楼更乱。书房里的书扔得满地都是，几乎都被打开过。专门存放字画和礼品的那个房间，根本插不进脚去。字画卷轴都被打开了，挂在墙上的也被摘了下来，那些大大小小、各色各样的礼品盒都敞着口，看样子都被仔细检查过。有些盒子已经空了，里面的东西大概是被查没了。几个卧室也一样，床架子都被拆开了，家具里的东西被清理出来，一摊一摊摆得哪里都是。放置保险柜的那个房间里，保险柜的后墙上甚至被凿开了一个大洞。

以前，地下室存放着各种名酒，还有香烟、茶叶，现在也只剩下散落在地的包装。最让人惊奇的是，卫生间里的盥洗器具，水池、浴缸，包括墙上的镜子也被拆了下来……

对于被查抄的这个家，武祥夫妇曾有过无数的想象，但无论如何也想不到会是这般惊心动魄……

不知什么时候，丁丁拄着拐杖进来了，看着家里的样子，他完全是一副惊恐万状的表情。绵绵更是浑身颤抖，忍不住哭了起来。

武祥突然意识到，再把这个家重新收拾起来，那将是一个浩大的工程。两个客厅，两个书房，四个卫生间，六间卧室，外加地下的储藏室，两个车库，还不算拆散的那些家具、盥洗器具，就算丁丁没受伤，可以帮忙干活，凭他们四个人，想把这个家恢复原样，十天半月也没有可能。而目前这种状况，只能自家人收拾，根本无法找任何人帮忙！

继而武祥开始自责，他和妻子的想法完全错了。让丁丁回到自己的家里住，是个极其荒谬极其不负责任的主意。这对丁丁是多么残酷的打击，其心理影响可能是终生的！对绵绵的伤害，也一样是巨大的！做大人的太自私了，居然想以丁丁的回家试试市委的态度！不但自私，而且愚蠢！

这个家目前绝对不能让丁丁住，也绝对不能收拾，要收拾也得等魏宏刚的妻子回来。这么多东西，哪些重要，哪些不重要，哪些还在，哪些不在了，只有宏刚的妻子心里有数。不过，武祥转念一想，即使魏宏刚回来了，究竟少了哪些东西，他自己能记得清吗？武祥突然想起刚才司机说的话："前些日子这里头的一个领导被'双规'了，听说家里光钱就拉了一卡车……"

会不会是真的？

类似的话武祥以前也听说过，当时还觉得是以讹传讹，不至于这么夸张。可现在看看魏宏刚的家，他不敢这么肯定了。

难道会是真的？想到这里，武祥打了个寒战。

突然一阵门铃声，把武祥夫妇和两个孩子都吓得脸色苍白。

武祥打开门，四个人站在门口。刚才门口警卫说一会儿有人来专门说明情况，应该就是他们了。果然，对方自我介绍，市纪委的一个，市委办的一个，还有两个检察院的。武祥赶紧把他们让进屋里，其实门里门外都一样，既没地方可坐，也没茶水可倒。

来人并不在意，甚至对屋里的景象视而不见。武祥看他们这副熟视无睹的样子，马上意识到他们可能是参与查抄的人员，否则，任何人看到家里这种状况，表情也不会这么淡定。

为首的是市纪检委一个处室的副主任，表情严肃，但语气还算温和："本来这几天就准备找你们的，没想到你们今天会回来。找你们来主要是给你们说明一下搜查魏宏刚家的原因和搜查结果。当然，这是市纪委的决定，也是市委同意的。根据规定，对犯罪嫌疑人住宅进行搜查时，应该通知被搜查人的家属，并应当有被搜查人的家属在场。经我们事先核实，魏宏刚的妻子存在重大犯罪嫌疑，正在协助调查，无法到场，因此她的情况不适用这个规定。而魏宏刚的儿子还未成年，也不适用这个规定。你们作为魏宏刚的姐姐姐夫，与魏宏刚各自独立生活，不属于家属，同时，魏宏刚的问题可能会涉及你们，目前尚未调查清楚，因此，你们同样不适用这个规定……"

武祥和妻子只有默默地听着，什么也没说，也不知道该说什么。

"但根据其他相关规定，你们作为魏宏刚儿子的事实监护人，而且当事人的儿子现在也同你们在一起，所以我们有必要通知你们，并让你们知道搜查结果。当然，这也是你们应有的权利。"副主任的话非常严谨，就像念稿子一样，"当时参与搜查的一共有九位同志，检察院的三位同志，纪检委的两位同志，两位记录员，一位监督员，还有一位是字画文物专家。要给你们说明的是，魏宏刚家中的所有物品，凡是认为属于赃物和非法所得的，我们都做了详细记录并且现场录像，这个请你们一定放心。查没物品都有我们的签字，不会有任何出入。经调查核实后，其中不属于赃物或非法所得的，我们都会如数退还。"

武祥和妻子第一次遇到这样的情况，而且如此事关重大，两个人就像在法庭上一样，一边紧张地听着，一边思忖着主任说出的每一个字。

副主任继续说："实在抱歉，搜查后我们把现场原状保留下来，这是不成文的规矩。如果你们将来还住在这里，在修复和整理时，也能更精确一些，知道什么地方被我们动过。修复和整理的费用，我们也将酌情给予相应的补偿。另外，涉及搜查的一些具体情况，请检察院的同志给你们解释说明。"

代表检察院说明情况的是一位年轻的检察官，语速明显比那位副主任快多了："搜查过程我们都有现场记录和录像，也就是说，所有的搜查和检查活动，都是严格按照法律规定进行的。我们搜查的场所，包括家具和相关器皿，都是当事人交代出来的藏匿赃物和非法所得的地点。魏宏刚和他的妻子承认在保险柜、衣柜、沙发座下、地下室、车库、汽车的备用轮胎里藏有黄金、珠宝、存折、银行卡和现金，甚至在茶几和椅子的管状支架中也藏匿了一些票证和存折。据保姆交代，在她卧室的棕垫里，还有几个花盆里，都藏匿了银行卡和购物卡。"

武祥夫妇简直不敢相信自己的耳朵,连这个家里的保姆都藏匿赃款赃物,真是骇人听闻!

检察官可能对这种情况已经司空见惯,依旧不动声色地说道:"由于很多物品当事人自己也记不清具体位置了,他们的供述很多都有偏差,有的只是个大致区域,因此我们的搜查范围也就相应扩大了,造成的损坏多了一些,这也是迫不得已。刚才主任也说了,出于人性化的考虑,我们会酌情予以赔偿……"

而此时,盘旋在武祥脑子里的都是检察官讲出来的那些让人心惊肉跳的字眼儿:地下室、车库、备用轮胎……黄金、珠宝、存折、银行卡和现金……保险柜、衣柜、沙发座下……保姆的卧室、棕垫、花盆……

那还有被带走的秘书呢?还有被带走的司机呢?还有地下室的名烟名酒呢?光钱就拉了一卡车!

几个人说完,把一份厚厚的查没物品登记表的复印件交给他们就离开了。至于几个人是怎么走的,武祥已经根本没有意识了。他机械地翻开厚厚的一沓复印件,首先映入眼帘的是搜查结果中的现金一栏——

人民币 1628 万元；

美元 47 万元；

欧元 63 万元；

港币 420 万元……

接下来是银行卡——

工商银行 1485 万元；

建设银行 69 万元；

农业银行 1788 万元；

开发银行 65 万元；

华夏银行 1323 万元……

再往下是存折，共计两百余万元；外币信用卡两百余万元；各类购物卡近三百万元；各种中外名酒五百余箱；名家字画 68 幅（其中 49 幅经鉴定为赝品），名家书法 243 幅（其中 209 幅经鉴定为仿品），真真假假的古董近百件；此外还有房产，北京一套 145 平方米，省城三套共计 480 平方米，本市三套共计 408 平方米……

武祥匆匆看了一遍，只觉得眼前阵阵发黑，满脑子都是那些跳动的数字。他不想看到妻子张皇失措的脸，也不想让妻子看到自己变形扭曲的脸，竭力显出镇定的样子，默默地把登记表递给了妻子，然后在家里找了个无人能看到的地方，一屁股坐在地上，眼泪滚滚而下……

魏宏刚，你他妈的简直是个畜生！

你就不想想你姐，不想想你爹你妈，那些年月为供你一人上学，一家人吃糠咽菜，啃窝头煮红苕，全年的白面都给你一人留着。你爹得了肝癌，一口白面也舍不得吃，高粱面蒸糕吃了吐、吐了吃，吐出来的东西像血一样啊！你姐十七岁上技校，十九岁当工人，每月三十块钱的工资，二十块钱都寄给了你，自己一个月的伙食费才三块钱！你姐结婚的时候，前前后后总共才花了一百二十块钱，床上的被褥都还打着补丁！千辛万苦把你拉扯大，供你上高中上大学，为了你，三十多岁了才有了绵绵。生绵绵的时候你姐难产，九死一生，产床上的血流得满地都是，市里所有医院的血库都找不到那么多可输的血。你妈慌得跪在地上把头都磕破了，说这个家宁可没她也不能没你姐……那时候你这个当弟弟的在哪里？

魏宏刚，你他妈的算是个人吗？良心都让狗吃了吗？

你他妈当的是个什么狗官？你不为老百姓着想，也不为你年近八十的妈和你五十岁的姐想想！你要那么多钱能吃还是能花！几千瓶酒放家里，就不怕喝死你，喝死你儿子！你住在这金銮殿一样的房子里，外面居然还留着七套房！你就一个儿子，要那么多房子当坟地啊……

武祥越哭越止不住，几个月积攒的眼泪好像大坝开闸一般往外奔泻。他真是恨透了这个魏宏刚！太贪了！货真价实的一个大贪官！不但延门市的老百姓要骂你，天下的老百姓都会骂你！我和你姐一样饶不了你，绵绵和丁丁也饶不了你！你爹在阴曹地府也饶不了你！这辈子饶不了你，下辈子也饶不了你，祖祖辈辈都饶不了你……

就这样恍恍惚惚的，也不知过了多久，武祥觉得有人在轻轻地摇他。睁开眼睛，他看到了面前两眼发红的妻子魏宏枝。

"你怎么了，老武？"妻子的嗓音有些沙哑，"我和绵绵找了你好半天，你怎么躺在这儿？老武，你是不是病了？"

武祥摇摇头，自己刚才可能是睡着了，几天几夜了，真困了。

妻子轻轻地摸着他的额头："你怎么躺在地下室里，也不开灯？又冷又潮的，老武，这会儿你可千万别再出事。"

"没事。"武祥一下子清醒了，打起精神，"刚才犯困了，迷糊了一会儿。"

"绵绵找不见你，都快急疯了。老武，你可得保重。"

武祥强撑着站了起来，没站稳，踉跄了一下。

妻子一把扶住他，然后面对面地，一字一板地对武祥说："老武，我知道你心里在想什么。你千万别这样，不值得。恨他，骂他，再生气再后悔也没有用。咱家就权当没有过他，从今天开始，咱们一切从头做起。我们一定要好好活，为了这个家，为了绵绵，还有丁丁……"说到这里，妻子哽咽了一下，转瞬间她的表情又变得刚毅坚强，"老武，今天我终于想明白了，抓他没错。到此为止，对他我们就再不必有念想了。从今往后，他是他，咱是咱。咱们什么日子没经过，再难还难得过那些年吗？不缺吃不缺穿，你我都挣着一份工资，养一个老妈，养一个绵绵，有那么难吗？天下的老百姓不都是这么生活吗？咱啥也不想了，咱们现在就回家，回咱自己的家。"

武祥看着妻子苍白而消瘦的脸颊，一阵揪心，自己的压力还能比妻子更大？还需要妻子来安抚来宽慰吗？堂堂一个男子汉，不要太软弱了。

"好，宏枝，听你的。"武祥打起精神，"我刚才也想了，这个地方不能住，也没法住，等丁丁好了，或者等他们将来回来再处置吧。咱们现在就回家，和丁丁一起回家。"

名家点评

反腐是张平最擅长写的题材，但这次他换了一个视角，他不是从正面表现反腐斗争，而是从侧面入手去追问腐败的社会依存性。这部小说所写的腐败官员魏宏刚也是一位高级别的领导了，他是一个城市的市委书记，不过张平并没有把重心放在这个人物身上，因为他对反腐的思考有了新的思想收获，所以他将视线转向了一个腐败官员的亲属们——魏宏刚的姐姐一家。

张平在这里提出了一个非常严肃的问题：我们的社会普遍存在着一种纵容腐败的风气。如同小说中所描述的那样，无论是学校的校长，还是年轻的班主任；无论是做房地产的经理，还是小饭铺的老板，他们都费尽心机要沾上一些特权的光，从腐败官员那里获取一点好处。因此当魏宏刚在台上当市委书记时，他们希望书记的位子坐得越稳越好，而当魏宏刚被"双规"后，他们也丝毫不会反省自己过去是否也做错了什么事情。当然，他们的行为也没有触及法律，只是利用了一点特权而已。何况他们都是基层普通的群众，获得的只是一点小恩小惠。

那么我们是否就不必追究这些事情了呢？这使我想起了阿伦

特所说的"平庸之恶"。她认为,罪恶分为两种,一种是集权主义统治者本身的"极端之恶",另一种是被统治者或参与者的"平庸之恶"。人们由此引申开来,认为"平庸之恶"正是对20世纪以来普遍的道德无底线的社会现象的恰当描述。

这是因为传统的道德体系不适应社会变化,新的道德体系尚未建立起来,人们处在一种无道德或非道德的状态之中,是非标准发生错乱,在这种状况下,任何人都难免陷入纵容腐败的泥淖之中。比如魏宏枝、武祥夫妇俩,一直恪守着廉洁奉公的思想意识,不仅严格要求自己,而且还反复告诫魏宏刚,提醒他做一名好官。更难得的是,他们对自己有一个亲人在做高官保持着高度的警惕,小心谨慎地为人处事。但即使这样,他们俩仍然摆脱不了纵容腐败的干扰,甚至差点陷入纵容腐败的泥淖中不能自拔。

沈阳师范大学中国文化与文学研究所教授　贺绍俊

与前作相比，张平在《重新生活》中试图打破这种"单独性"。张平没有选择腐败抑或是反腐败者作为小说叙述的主角，而是将叙述视线从官场拉回到日常生活中，即身处腐败场域但并没有参与腐败的人群。这当然是文学的方式，也是腐败题材小说回归文学的曲径。质言之，当腐败已经发生，并且是以人所不知的方式发生，那日常生活中的家人会受到哪些影响？由此导致的生活的落差，就是小说家需要直面且加以细细分析的内容。当腐败者被抓捕，他的家属如何重新开始生活，这真是很好的题目。权力加印过的生活不是真的生活，一旦权力被剥离，生活就将回到原形。那艰难的却又正确的生活，才开始露出凶狠的獠牙，随时向人张牙舞爪，或者咬下人的皮肉来。而为权力渗透过的社会生活，将对被权力抛弃的人和家庭展示温情面纱被撕去之后的残酷，其真实程度取决于权力的在场与否，犹如开关，一拉就是黑暗，再一拉可能就是光明。从光明到黑暗，就在那一拉一关中。小说家张平这次做的，就是合上了权力开关，让权力磁场消失了那么一会儿，即从权力生活过渡到了被权力影响的社会生活，教育的集体性焦虑就是其中一种。

中国现代文学馆客座研究员　李伟长

附录 张平作品创作大事记年表

作品创作情况:

1981年8月,《祭妻》(短篇),《汾水》。

1981年12月,《月到中秋》(短篇),《汾水》。

1982年6月,《他是谁》(短篇),《山西文学》。

1982年10月,《山洼地》(短篇),《山西文学》。

1984年2月,《糟糠之妻》(短篇),《山西文学》。

1984年3月,《婉儿》(短篇),《山西文学》。

1984年6月,《姐姐》(短篇),《青春》。

1984年6月,《爹,你为啥不问问俺》(短篇),《芙蓉》。

1984年8月,《情分》(短篇),《山西文学》。

1985年3月,《梦中的情思》(短篇),《黄河》。

1985年10月,《血魂》(长篇),《山西文学》。

1986年4月,《夜朦胧》(中篇),《黄河》。

1987年1月,《无法撰写的悼词》(短篇),《百花洲》。

1991年3月,《法撼汾西》(长篇),群众出版社。

1993年6月,《天网》(长篇),群众出版社。

1994年2月,《凶犯》(长篇),北岳文艺出版社。

1995年10月,《孤儿泪》(长篇报告文学),山西人民出版社。

1997年8月,《抉择》(长篇),群众出版社。

1999年4月,《十面埋伏》(长篇),作家出版社。

2000年9月,《对面的女孩》(长篇),作家出版社。

2004年2月,《国家干部》(长篇),作家出版社。

2018年8月,《重新生活》(长篇),作家出版社。

获奖情况：

1982年，《祭妻》，《山西文学》杂志一等奖。

1984年，《姐姐》，全国第七届短篇小说奖。

1994年，《天网》，"五个一"工程奖。

1994年，获国务院专家津贴。

1995年，《孤儿泪》，"五个一"工程奖。

2000年，《抉择》，第五届茅盾文学奖；被推举为新中国成立50周年10部献礼长篇作品之一。

2000年，被中共山西省委、省政府授予"人民作家"称号。

2001年，被民盟中央授予"全国先进个人"称号。

2004年，入选中宣部首届"四个一批"文艺人才。

2006年，被中组部评选为由中央直接联系的有突出贡献的优秀专家。

1995年至2007年，8次获中宣部颁发的"五个一"工程奖；全国"德艺双馨"文艺工作者、先进工作者。

2019年5月，《重新生活》，首届吕梁文学奖山西作家奖荣誉。